ZHUCHENGYU

朱成玉

精选散文集

在不老的时空中飞行

FLIGHT IN THE ETERNAL TIME AND SPACE

朱成玉◎著

江苏凤凰文艺出版社
JIANGSU PHOENIX LITERATURE AND ART PUBLISHING, LTD

图书在版编目（CIP）数据

在不老的时空中飞行 / 朱成玉著 . – 南京 : 江苏凤凰文艺出版社 , 2017.5

ISBN 978-7-5594-0153-3

Ⅰ . ①在… Ⅱ . ①朱… Ⅲ . ①散文集 – 中国 – 当代 Ⅳ . ① I267

中国版本图书馆 CIP 数据核字 (2017) 第 070626 号

书　　名	在不老的时空中飞行
作　　者	朱成玉
出版统筹	黄小初　周亚林
选题策划	韩　薇
特约编辑	赵芳怡
责任编辑	姚　丽
责任监制	刘　巍　江伟明
出版发行	江苏凤凰文艺出版社
出版社地址	南京市中央路165号，邮编：210009
出版社网址	http://www.jswenyi.com
印　　刷	北京富达印务有限公司
开　　本	690×980毫米 1/16
字　　数	200千字
印　　张	15
版　　次	2017年5月第1版　2017年5月第1次印刷
标准书号	ISBN　978-7-5594-0153-3
定　　价	29.80元

目 录 Contents

第一辑 愿时光自此，永远宠你

第二辑　若爱，就一骑绝尘地爱下去

第三辑　雪花，我要带你回家

第四辑　身边的隐形天使

第五辑　累了就睡在风里

第六辑　当花朵有了翅膀

第七辑 你带不走一座湖的哀伤

第一辑　愿时光自此，永远宠你

阳光下，能和你手拉手奔跑的人越来越少；烛光里，能和你面对面流泪的人越来越少。如果有，哪怕是刹那，也请紧握那双手，请认真地去看那双眼睛。

我想找一块神奇的橡皮，擦掉昼的嘈杂，涂去夜的冷寂，挽瞬间美丽；我想寻一把时光的刀，切断秒针的尾巴，缩短时针的脚，留刹那芳华。

——《刹那芳华》

把世界当成一朵莲花来爱

已近午夜，我却仍迟迟不肯睡去，总在固执地相信：这世上肯定有一双翅膀在所有脚步停歇的地方飞翔；有一枚花瓣在所有花香沉睡的时候独醒；有一双眼睛在所有火焰熄灭的地方燃烧；有一把提琴在所有声音喑哑的时候歌唱。

不是我心灵上盛开的花瓣，请不要挂满我的露珠；不是我杯中浮起的月亮，请不要沾惹我的泪水。我固执地想要飞走，不管在这里曾留下多少脚印，多少花香，多少火焰，多少歌声。我要飞走，把颗粒大小的背影也带走。我是个完美主义者，一个失败的习惯幻想的人。我要到陌生的地方行走，我要去高高的枝头经历风寒。

我终于愤怒地撕掉了那些被墨水腌渍过的稿纸，上面有我泛滥不息的谎言和唾液。我知道我曾经卖掉过我自己，像我的笔为了一些稿费卖掉我的纯洁和真实，像我的影子为了前程跑到灵魂的前面去。

在这个夜里，我消失了，正在与夜融为一体。

我终于没有再次点亮蜡烛，而是站在窗前，等着月亮出现。

许多年了，都是这样悄然走过。眼睛还是那双眼睛，笔还是那支笔，却知道了把守自己。尽力不要再写出那些不干不净的字来，让思想中永远有睡莲的芳香。那一张张洁白的稿纸，是值得珍惜的雪地，还有映在上面的月光，是遥远的年代里流传过来的美德啊！

月亮迟迟没有出来，哪怕只露出一抹短暂的微笑，也能救我。我被捆缚在时间的雨里，任思念生满青苔。

莫奈在晚年画了许许多多的睡莲，他是如此钟情于睡莲，据说他临终前的遗愿竟是让人把他所画的睡莲置放在一个圆形的展厅里，让观众沐浴在这个“睡莲”盛开的“池塘”里。

多么美的一个愿望啊，可是有谁知道，莫奈这一幅幅安静、精美的睡莲，竟是在病魔缠身的妻子撒手人寰之际画出的。他能画出涂满阳光的精品，却没钱医治常年卧病在床的妻子，没钱喂养两个嗷嗷待哺的孩子。

这到底是谁的过错？

总以为一拉上厚厚的窗帘，便与这世界断了音讯。无奈电视和网络，杂志和晚报，仍在继续一幕幕恐怖袭击、飞机失事、自杀性爆炸的画面。这是一个混乱的世界，一个依旧存在战火的地球。

哎，世界就是有这么多的烦恼。还是这个夜好，你看，月亮终于出来了。靠近零点的门框里，一朵睡莲诞生了，它是燃起整个世界的那盏巨大灯笼的灯芯！

在这个夜里，我把丢失的一切都捡回来了。我把它们一一摊开，在生命的卧床上，像一只鸟梳理着自己的羽毛。我是那么愿意和它们，和每一个深深的夜，和每一双凝神的眼睛，在这个世界的最深处推杯换盏，以心交心。

我渐渐忘却了白天发生的一切，我不再关心物价、住房和股市行情，只有一些老去的旧事，在眼圈里慢慢浮肿，并罩上一层月亮的光环。

既然，醒着有那么多的烦恼，那就睡下吧。睡了，这个世界就是一朵莲花，一朵纤尘不染的莲花。

行走的风景，不行走的心

那一次去郊游，我看到了笔直的松树、庄严的柏树，还有几个人合抱不过来的百年古树。那一刻，我看到阳光在茂密的树叶间闪烁跳动，像一串串不安分的正在成长的心。我的心里，顿时也有无数漂亮的词语在跳动，试图串联成一段段长短不一的精美的句子。我想回去之后，一定要用我的笔记录下它们，记录下这一次心灵的行程。可是等我回去之后，接连不断的会议撕扯了我那份惦念着美好的心情，那些会说话的风景又被我抛弃脑后，忘记得一干二净。

朋友们问起那是些怎样的风景，我竟无言以对。“但我去过，我真的领略过那里的风景。”我对朋友们说，“不信，你们看，这是我从那里带回来的石头。”

我的抽屉里一共有三块石头，因为我去了三次。这就是我对那些风景的眷恋和全部的记忆。曾经让我心动不已的风景，最后却只能用一块石头来替代。

这是大多数现代人的心态：有些风景，只要愉悦了我们的眼睛，快乐了一会儿我们的心灵，就可以了，不必将它们收藏到心灵的文件夹里，让本来就满满的心灵空间变得更加拥挤。

我们不能说这种心态不好，毕竟，在奔跑的尘世，你要追赶上一些东西，就必须甩掉一些东西。而他们在处理心灵的文件夹时，唯一要做的就是清空、清空，他们要让自己的心奔跑，不想有太多的羁绊。

但不是所有的风景都可以擦肩而过，有些风景是需要收藏的，哪怕仅仅是为了给你奔跑的姿势配一幅温馨的画面背景也好。

朋友旅游归来，带着一火车皮的疲惫和满满十几个胶卷。我问他看到了什么景致，他说都在照片上呢，自己看吧。他说他的脑海里除了人影还是人影，不停地晃动着，除此之外，没有任何印象。

据说英国科学家新发明了一种“神奇相机”，可以像项链一样挂在脖子上，它可以随时随地自动拍摄上千张图片，拍摄内容包括你遇到过的人，你去过的地方，你做过的事，你吃过的食物等。

科学家的意图或许是为了帮助那些经常健忘或者记忆衰退的人找回失去的记忆。

于是有人高兴了：带上它去旅游，可以把所有的景致都照下来。

旅游的真正意义是愉悦身心，并不是仅仅带回几张图片，证明你去了多少个地方，那和到处都刻上“张三到此一游”还有何区别？那些照片，只是让一个人有了记忆，却丢掉了感觉。

有时候我经常问自己，面对美景总要留下点什么吧！哪怕一声赞美，哪怕几行或押韵或打油的诗。可是我们没有，我们仅仅是换了个地方继续着我们机械般的心灵游戏。

歌德在欣赏到美景的时候，常常会把自己的心灵丢失，忘我地与大自然交融到一起。比如歌德就说过，海德堡，那是他将自己心灵丢失的地方。

是啊，面对美景，我们要学会将自己的心灵交出去。

我认识一个喜欢郊游的老人，他每每看到美景时，有一个习惯就是美美地来上一段京剧。如果你在某个森林里，听到了那一声声韵味十足的京剧段子，那一定是他又看到了令他心仪的美景！他的表达方式是如此美妙，如此与众不同。

表面上看，我们在行走，风景静立不动。其实我们都错了，有时候，真正在行走的是风景，不行走的，是我们那颗日渐懒惰的心。

刹那芳华

满山的迎春花、山杏花仿佛约好了一般，刹那间一起都开了。一团团、一簇簇，耀眼的白，令人晕眩的粉，像大海一般漫漫地铺展开来。昨日还保持着缄默，今日便集体发声，是愤怒的呐喊吗？不，没有愤怒，只有荡气回肠的欢快。请原谅我用词的轻佻，这一刻，我如此词穷，我是被眼前的盛景惊讶得只会张大嘴巴“啊啊啊”的江郎，我愿做幸福的江郎，因为此刻，多优美的词汇都显得多余。

看吧，刹那之间，我可以成为江郎，也可以成为心灵的富翁。

早上，一个女同事和我讲一件让她温暖的事。离开学校二十六年了，昨天她忽然接到一个电话，电话里的男人对她说：“老同学，找了你很久，总算找到了，我都想给老天爷磕俩响头。上学的时候我就想和你说句话，可是我们在一个班级坐了三年，一句话都不敢跟你说。毕业这么多年，我依然想有一天和你说句话。有勇气的时候没找到你，知道你在哪儿的时候又没了勇气，今天终于又下了一次决心，我就是想和你说，老同学，你好吗？”女同事说她想不起来电话里的声音是谁，但是那声音令她欢喜。当时，事业和家庭的烦恼让她应接不暇，刹那间，一个电话便让她轻松愉快起来。原来有一些人从来不曾忘记我们，这声音从或远或近的地方传来，那么美，那么暖。

时光是一把魔琴，我们无一例外地会听到它的琴音。很多人为它所伤，只有内力深厚的人，可以享受它的乐音。内力深厚，是你在人生路上所要承受谩骂、诽谤、嘲弄的能力以及控制欲望的能力。这是一种非凡的能力，更是一种超然的心态。万念归于淡然，将灿烂放下，在这里安静地等，等一个花开蒂落的结果，等一个叶落归根的尾声。

阳光下，能和你手拉手奔跑的人越来越少；烛光里，能和你面对面流泪的人越来越少。如果有，哪怕是刹那，也请紧握那双手，请认真地去看那双眼睛。

我想找一块神奇的橡皮，擦掉昼的嘈杂，涂去夜的冷寂，挽瞬间美丽；我想寻一把时光的刀，切断秒针的尾巴，缩短时针的脚，留刹那芳华。

印度哲人克里希那穆提曾这样说道："你是否注意过展翅高飞的鸟儿，它们一点也不需要挥动羽翼，而只是随风飞翔。它们的喜悦似乎那么无限，它们并不关心死亡。它们生活在每一个刹那，从不担心将会发生什么事。"

生活，给你惊喜的，往往都是一个个刹那。那么在这一刻爱吧，笑吧，哭吧，唱吧，舞吧。永远有多远，没人说得清，因为它只是一个概念，看不见，摸不着。最美的、最值得去爱的，永远是这一刻，这一个刹那。

掂一掂这轻如纸屑的春天

老范是个孤儿，一个残疾人，以修鞋为生。

他喜欢文学，可偏偏是文学害了他。

他像封建社会遗留下的一颗穷酸文人的种子，在一个名不见经传的小镇破土发芽。

他始终不渝地相信书中有黄金屋和颜如玉，他在自己的食量上打折，为的是用省下的钱买书。

文学在他那里变成了罂粟花。他迷醉在里面，无法自拔，整天把自己泡在幻想里，生计问题便成了他的心头之患，每天靠朋友和好心人的施舍度着他随时都有可能熄灭的生命。

他过分依赖梦想的力量，直到肚子饿得想蚕食同类时仍旧把诗歌放在胸口。

他给自己取了个叫“莫愁”的笔名，希望自己有一个不再忧愁的未来，希望自己能和莫言、莫应丰一起在文坛上构筑起“三莫”的壮观画卷。那是他的理想，也是他的枷锁。

小镇上的报纸是没有稿酬的，但对他不一样。编辑们宁可自己掏腰包，也要付给他稿酬，每次给个一元两元的，实在不忍打消他对文学的积极性。发表他诗稿的报纸他都像宝贝一样地珍藏着，每每有朋友来，他都要拿出来供人欣赏，期待着几句赞誉之词。那时，他的心就会平复，他想他残缺的生命里终有一些别人所不及的东西。这种假想的虚荣支撑着他的灵魂，一如那把破旧的轮椅支撑着他的身体。

他死于饥饿（我总是这样认为，如果不是因为饥饿，他就不会因为精神恍惚而被车撞倒），让人不得不担心在人潮汹涌的天堂的入口，他有没有力气挤得进去。

他在死亡之前的最后一顿饭是我和妻子为他做的。他把三天没吃的饭全都补了回来，快乐地抚摩着自己撑得圆滚滚的肚皮，似乎把这一生的饥饿都赶跑了。

可是这一顿饭也只能抵挡一时，他还是被饥饿的龙卷风卷跑了，瘦骨嶙峋的他被死亡带走时一定轻如纸屑，没有一丝一毫的抵抗。

老范是这个小镇上让我感动的一个悲哀的身影。他摇着轮椅，捡起自己所见到的每一块砖，每一片瓦。他说过要给自己盖一间房子，然后请我们去做客。我们被他梦想着的幸福感染了很长一段时间，在路上见到能用的砖瓦时，便会顺便替他捡回来。

为了一块砖，他会摇着轮椅，走很远的路。我想，他在弯腰吃力地捡起那一块块砖的时候，脑海中想着的一定全是他的房子。他无比快乐，仿佛睡眠的虫子梦见了春天。

那是他捡到的最后一块砖，紧握在他的手里。为了这块砖，他被车轮碾碎了。那是块小半截的砖，上面沾满泥浆，但对于老范来说就像是长城和金字塔上的砖一样珍贵。

老范死的时候，他的小窝棚旁边已经攒下了像小山一样多的砖瓦，他曾说过，等熬过了这个冬天就好了，等春天时把房子盖起来，好日子就来了。可他终究没能熬过那个冬天。我想即使他没有被车轮碾碎，也会在他的窝棚里被冻死。本来他有两袋煤的，是在运煤车每天经过的路上一块一块捡回来的，但他不舍得烧，说留着新房子盖起来再烧。

可他去了天堂，不再需要这些尘世的砖瓦。

大概只有天堂里才有他的春天吧。

后来，他捡来的那些砖瓦被人瓜分了去，热热闹闹地洗劫一空。就像在炎热的夏天瓜分一块爽口的西瓜，有的盖仓房，有的盖猪圈，还有的盖了厕所。而他曾经住过的窝棚被拆掉，继而在原地盖起了一座小楼，专营按摩生意。每天晚上，暧昧的霓虹灯不停地闪烁着，客人们不停地穿梭往来，门庭若市。没有人知道，那里曾经只是一个偏僻的角落，有一个用简易车棚做成的家，有一个人，在里面甜甜地酝酿着一个春天的梦。

那是一个残缺的春天，轻如纸屑，没来得及绽放就已熄灭。

灵魂的推拿

她是一个因患白内障而失明的女孩儿，虽然失明，但很好强，在一个比较偏僻的地界儿开了一个很小的盲人按摩推拿馆。别看她年龄不大，推拿手法却极为老道，所以她的生意还算不错，我就经常光顾她的小店。

她在给人推拿的时候，屋子里总是放着淡淡的轻音乐，而且屋子里不知从哪里飘来的芳香，风吹过的时候，总会带给人一种沁人心脾的愉悦感。她也偶尔和客人们说说话，她说话的语调也是舒缓而优雅的，在她的脸上看不到一点悲苦，反而总是能听到她欢快的笑声。我好奇地问她因何如此快乐，她说，“每天早上醒来，打开前面的窗子，我就能听到鸟儿在欢叫，打开后面的窗子，就能闻到沁人的花香，这样，我还有什么理由悲伤呢？”

我开始留意她的房前屋后。房前，是一片小树林，静静地听，果然听到林子里很多鸟儿在唱歌，平时一直忽略，她说起来，我才体会到其中的美妙。屋后，她栽了很多花，姹紫嫣红，虽然她看不见，但她闻得到花香。

她真是一个优雅的人。鸟语在前，花香在后，这是一颗多么豁达而淡然的心灵！

所以，和别的按摩推拿不一样，在这里，我不光可以让身体的劳累得到缓解，也可以让疲惫的心得到喘息。

在那种舒缓的音乐里，那种淡淡的花香中，我与一位古人神思相牵，那人便是“梅妻鹤子”的林逋。

他四十岁时厌弃红尘，隐居山林。早出躬耕，一箪食，一瓢饮，惨淡经营；晚归茅舍，一盏清灯，和着孤影，浅酌低吟。不羡鸳鸯不羡仙，不为五斗米折腰，不求闻达于诸侯。他养鹤，爱鹤如子；他种梅，爱梅如妻。淅沥的秋雨、颤袅的炊烟、如衣的苍苔、如勾的新月，在他的视野里到处意趣盎然。有空山灵雨的浸润和梅妻鹤子的相知，在独坐静思的漫长岁月中，他的思想在潜移默化地伸延、强大，进而升华。尘缘在冥思中悄然“圆寂”，心境渐趋平和而淡远……

现代人生活在大都市里，看似热闹，其实孤独和空虚得很。熙熙攘攘，为利奔忙；操心劳神，为欲所驭。而林逋看似孤独，其实不然，他是享受着“鸟语在前，花香在后”之盛景的丰盈之人！

我闭着眼睛，在盲女孩儿有力却节奏感极强的推拿里，感受着那种淡然自在的氛围。

鸟语在前，花香在后，安抚疲惫的身心，还有什么比这个“灵魂的推拿”更有效的呢？

花香满径，
芬芳满心

有一种花香，在人的心灵上散发出来，让灵魂里的每个路口都芬芳无比。

上中学的时候，一个和我一起上学的同伴让我难忘。我们同校但不同班，因为中学在10里以外的小镇上，而且要穿过一座山，所以每天早上天还没亮就要上路。我的胆子小，每次都主动和他搭伴上学。

他也很乐意和我一道去上学。在路上，我们不仅可以互相交流学习的感受，还可以一起背诵课文。山路漫漫，一路上我们有说有笑，那么远的路也就不觉得累了。

就那样，我们共同挨过了许多辛苦的时光。

可是初三的时候，事情忽然变得有些蹊跷起来。他开始变得有些怪怪的，虽然依然和我一起走，却不再和我一起背诵课文，也没什么话和我说，一道上都很沉闷，而且每次走的时候他都要带上一把柴镰。面对我的疑问，他支支吾吾地说："山里有野兽，带上它没准会派上用场。"更奇怪的是，每次到学校他都让我一个人先进去，放学也见不到他的人影，因为放学时离天黑还早，我也就没特意找过他，总是一个人回家。但他的行为还是引起了我的注意，我想这里面肯定藏着什么秘密。

我偷偷地来到他的家，无意间听到了他和父母的谈话，才知道因为交不起学费，他辍学已经半年了，每次带上柴镰是要顺道砍一些烧柴回去。

我的心，顿时被感动塞得满满的。

第二天，我装作什么都不知道，依然去找他一起上学。他依然带着他的柴镰，在天刚蒙蒙亮的时候上路了。我给他讲我们班里的新鲜事，讲我在书上学到的新课文，不时听到他憨憨的笑声。

又一个春天来临的时候，我的中学生涯终于结束了，我就要去更远的地方念高中了，在学校住校，不能再天天回家了。临走的时候，我与他道别。我说："其实早就知道你辍学了，为什么不告诉我呢？"他有些不好意思地说，"那段山路你一个人走确实让人不放心，可是刚开始不和你说，最主要的原因是怕你瞧不起我，怕你不愿意再和一个辍学的人做朋友，后来习惯了，就当是锻炼身体了，而且和你走路很有意思。"

"那你知道了为什么不揭穿我呢？"他反过来问我。我说："每个人都有自己的尊严，不告诉你，是想让你觉得我们永远是平等的。"我向他伸过手去，"不管将来我们各自是什么样子，我们都会是一辈子的好朋友。"

他使劲握住我的手，又一次憨憨地说："最后再陪你走一段路吧……"

山上的花草已经开始苏醒，他又一次陪我走过了那段长长的但已是充满花香的山路。

他陪我走过的，是一段山路，而我陪他走过的，是一段心路。我们彼此温暖过，也彼此芬芳过。

花香满径，芬芳满心。

回忆长着双脚，跟着我奔跑

你的眼睛让我终于知道

你的怀抱让我在劫难逃

那些日子早已经无处寻找

可那些回忆跟着我奔跑

——老狼《情人劫》

日历越翻越薄，时光纷纷飘落，一些人试图用他们的篮子去盛装，去挽救不可复还的光阴，可那些缝隙终究还是泄露了他们最初的秘密，泄露了怅惘，泄露了哀怨。于是一首歌唱道：“那些照片早已烧成了灰烬，可那些回忆怎么点也点不着。”

不管你骑着单车还是坐着地铁，那些回忆总是一路奔跑，如影随形。人的一生什么都可以丢掉，只有记忆，或美好或悲伤的记忆，是你永远甩不掉的绳子。

有些人在回忆里欢笑，有些人在回忆里悲伤；有些人在回忆里一路顺风，有些人在回忆里闯了红灯；有些人在回忆里垂垂老矣，有些人在回忆里抽枝发芽；有些人在回忆里忏悔，有些人在回忆里等待。

等待是否就是深爱？有人这样问着身后那些追逐而来的回忆。那个人迟迟不来，于是，等待的人儿，慢慢老去。情感就在漫漫的时间里一点一点发酵，常常醉得相思的人一塌糊涂。

也许是深爱着要等的人，也许是深爱着等待的感觉。这样的等待就像和自己谈的一场精神恋爱，无比希望又无比绝望。也许等到最后，变得和爱情无关，只是成了生命中一个根植很深的习惯，只是在精神上给自己找到了一份差事。这样总比无事可做好得多，而且他们相信，等下去，梦就不会停止。

以爱情的名义开始的漫长的等待，美得如同一部忧伤的童话。当爱已成往事，记忆就留在心底，一生无法挣脱。这时候才发现，站在原地等待，穿梭于记忆的丛林，等待被爱找到的一刻，竟也是一种翩若惊鸿的美丽。

“若我伸出手掌，那一定是在等你把手递过来，轻轻吻合，十指紧扣。”

在我的城里，我常常看不到高楼，只看到仰望高楼的人。有人说，他们是在仰望幸福。一座浮华的城市像巨大的旋涡，生在其中，你爱它，或者，你恨它。每个人，都有他伤心的故事，每个人心里都有一座伤心的城，每个人都被伤心诅咒过。有人浑然不觉，有人无法自拔，有人选择把伤害传递下去，和自己的伤口纠缠撕扯，至死方休。

酒之所以好喝，是因为它难喝。人也是一样，正是因为有了太多不顺，才让人有了走下去的欲望。但贪杯伤身，对自己的伤口难以忘怀，又何尝不是如酒精般令人上瘾沉迷。所以有些人不和他的伤心回忆过分纠缠，只和它玩着追逐的游戏。

是回忆追逐着我们，还是我们追逐着回忆？

痴情的人们说：我不怕自己一天比一天苍老，不怕风口浪尖上冷冷的言论。只是怕我们最终在人潮里失散了彼此的眼神，消褪了彼此的声音，怕那些惊心动魄的回忆苍老在琐碎的生活里，怕我们所有的美好，我们只属于对方的，那独特的声响，最终不再被唤起。我们最终会失去对方，不由自主地被推向各自的人生……

既然如此，不如带着记忆去生活吧，就像揣着一张高清晰的碟片，随时随地播放着两个人相爱的影像，这样总好过一个人，守着寂冷，郁郁一生。

于是听到那首歌继续唱着："那些日子早已经无处寻找，可那些回忆跟着我奔跑。"

请原谅一颗金属般的脑袋吧，终生都是那么浪漫主义死性不改：直到世界灭亡，依然对爱满是渴望。

复制一颗心，只为让你停泊

他们是邻居，彼此都目睹了对方的不幸：一个是丈夫身患绝症，赶赴天堂；一个是妻子遭遇车祸，被风卷走了魂魄。因为同病相怜，他们在彼此的帮助中生了许多细小的情愫。终于有一天，他们决定组成一个新家。

在一个阳光灿烂的秋日他们领了结婚证，但属于他们的第一个夜晚没有激情，更多的却是局促不安。他们彼此心照不宣，在这个特殊的日子里，他们都在怀念各自的爱人。

日子波澜不惊地走过，邻居们每每谈论起这对半路夫妻的时候，都会不由自主地赞叹他们是一对相敬如宾的好伴侣。只是，邻居们不知道，在他们看似平静的生活中，隐藏着些许哀伤和无奈。比如，他经常叫错她的名字，有时在看电视的时候，他会忽然喊她：快来，有你喜欢看的黄梅戏！话说出去，他的脸就红了，她知道他又把她当作前妻了。而她做菜的时候，总是不由自主地依照着前夫的饮食习惯，有一次看到他被辣得直吐舌头时，她才蓦然反应过来，内心充满了歉意，而他则讪讪地为她开脱：男人吃点辣的好，真过瘾……

她心里清楚，其实他们谁都没有忘记过去的爱人。

难道就这样一辈子过下去吗？她对这半路结合的夫妻之情开始犹疑，心情越来越压抑，自然对他也越来越冷淡，甚至想到了放手。

那个周末，她突然发现自己放在阁楼上面的小木箱被人开启过，那里面装着她的几本日记，上面细细密密地记载着她和前夫从恋爱到结婚所有的生活细节，她一直视为至宝，那是属于她的秘密。她涨红着脸忍不住去质问他，他低着头，欲言又止，最终怯怯地承认了自己的“偷窥”行为。她很生气，觉得他简直不可理喻，一怒之下跑回了娘家，捧着前夫的遗像放声痛哭起来，她无法忘记她与前夫相亲相爱的从前，无论用什么办法，也无法剔除那一块长在心上的哀怨。

妈妈窥出端倪，对她说：两个人重新搭伙过日子不容易，日子总要往前赶，你要多想想现在的他对你的好。那一夜，她真的就在脑子里一遍遍地播放起关于他的小电影来：她生病的时候，他笨手笨脚地伺候她，一趟趟地给她端水喂药；晚上回家为了给她解闷，他给她讲一点都不好笑的笑话，给她模仿小品里的经典对白……尽管没有什么激情，但都是些让人温暖感动的细节啊。一颗操劳了半辈子的心，能有一个人呵护它，焐热它，除此之外，还求什么呢？她想：为了他，我为什么不能改变一下自己呢？

她回来的时候，远远地看见他正在阳台上不停地张望着。这让她的心一下变得暖呼呼的。她进了屋，他就颠颠地跟在她的身后，搓着手不停地念叨：“回来好，回来好……”“看你，都瘦了，怪我不好。”看着他憔悴的脸色，她竟有些心疼。“不，不，是我不好。”他挠挠自己的头，有些不知所措。看他憨憨的样子，她笑了：“今天让你尝尝我的手艺。”那是她回家的路上打电话给婆婆，从她那里讨来的厨技。

扎上围裙，飞快地钻进厨房，她煲了一锅排骨汤，放了萝卜和他喜欢的香菜。他不禁惊讶赞道：“好久没有吃到这个菜了，真香。”吃过饭后，他打开了电视，固定在她最喜欢的文艺频道。热热闹闹的小品像烟花一样，欢乐瞬间绽放到屋子的每个角落。她跑到沙发上，盘起腿，美滋滋地看起了电视，娇嗔地对他唠叨说，饭是我做的，饭碗要你来洗。他嘴上"埋怨"着，两只脚却撒着欢地奔着厨房去了。

洗刷完毕，他郑重其事地掏出一把钥匙交给她，坦白说那是他偷着配的。他说，他偷看那些日记，只为了更多地了解她的性格、她的喜好，他想把自己复制成她的前夫，他想让她幸福和快乐。然后，他变戏法似地掏出一个晶莹剔透的绿翡翠手镯来，戴在她的手腕上。那是她一直喜欢却舍不得买的。她愣了一下，并没有收起那把钥匙，而是用钥匙将那个木箱打开。"是该让它们出来晒晒太阳了。"她释怀地笑了，此刻阳光浩浩荡荡地涌入，灿烂在彼此的脸上，曾经的爱又回到了彼此的身边。

原来，人世间，有一种爱是可以重来的，你不必遗忘过去，但不必将过往沉重地背负在肩上。好好地生活下去，才是对天堂里的爱人最好的纪念方式。有一种爱是可以复制的，只要你生命的记事本上还有温暖，还有感动；有一种幸福是可以粘贴的，在你柔软的心的土壤上，只要你肯去培植，肯去浇灌。

复制一颗心，只为让你前来停泊。

每段青春，都是一截奋不顾身的蜡烛

那时候，什么都肯放掉，就为了那些新鲜的，刚刚开始品尝的恋爱的味道。

我们毫不吝惜地，把自己燃烧掉。挥霍和放纵，总不该放在同义词的床上，挥霍是洒脱的，而放纵却带着一丝忧伤。青春时光走得最快，就像那些奋不顾身的蜡烛，在妖娆的夜里舞蹈、尖叫，耗掉了生命里最珍贵的元气。

或许是青春的脚步太过迅疾，还未准备好时就已要去迎接。总有人会承受不了，于是偏离了轨道，甚至忘掉了曾经一起并肩的美好。我们用叛逆去遮掩内心的苍白空洞，叫嚣的背后是对成长的困惑。

青春，是一个多么诱惑人的字眼。多少奇迹都在那里打好了包，准备邮寄。不施粉黛、素面朝天的女孩，把快乐打进旅行包里，浪迹天涯。如果她开始忧伤，那便是恋爱了，那忧伤便也是始料未及、排山倒海般的。这年少的愁思，一波又一波，正如年少的惬意，也总是一浪高过一浪。

青春里有多少快乐，就有多少忧伤。而那些忧伤，是多么纯净、多么美好。这里的忧伤，大多来自暗恋。暗恋总是痛苦的，因为一个人被蒙在鼓里，而另一个备受煎熬。思念在心中如藤蔓般缠绕，随着时光流逝渐渐枝繁叶茂。

但很多人执着于这种暗恋，不能自拔。

还有，就是烈酒里，掺着温柔得让人蚀骨断肠的洋酒的那样一种情感，不被认可的、惊世骇俗的、阳光普照却又走投无路的情感，都属于这个范畴。青春是无所畏惧的，年轻的侠客侠女们遇到这样的情形，自然会心有灵犀、双剑合璧，向束缚他们的世俗发起挑战。最具杀伤力的一招是“私奔”。这“私奔”的绝学是从卓文君那里传承下来，正在被他们不断地发扬光大。女作家乔叶在她的小说《从窗而降》中这样阐述了“私奔”的概念：“私的舌尖音低婉灵俏，奔的爆破音明朗决绝。俨然就是一阴一阳，一女一男，在月黑风急的夜晚，手手相携，背井离乡。张皇中夹着甜蜜，纷乱中含着凄艳……暧暧昧昧的一堆意思，被精简进两个字的框里，却没有那种猥琐下作和浑浊不堪。”

曾经的颜色，总是冷的，像是除夕过后清晨的老街，烟花燃尽，满地是炮竹的碎屑，散发着淡淡硫黄味的洪荒。

时间是一个不折不扣的盗贼，偷走了我们太多的东西。

那些曾经，我们自觉不自觉地一边丢弃一边缅怀，理由是，我们要向前走。等有一天蓦然回首，灯火阑珊处只剩灯火阑珊。我们是舍不得那些不谙世事、爱憎分明的年少，还是不太愿意面对世故漠然的今天？失去的总是美好的，所以才会有那么多人无可奈何地恋恋不舍、频频回头，只为一个每年都有却再也没有当年味道的盛夏。

你的曾经里有到不了的天涯，我的曾经里有回不去的故乡，他的曾经里有带不走的身外情，她的曾经里有醒不来的梦中人。原来我们都曾拥有“曾经”二字，那些曾经，便是我们逝去的青春，散着淡淡硫黄味的、熄灭后的烟花。昨日不可回，就好好珍存吧，捕一点意境，捉几个清丽的词，写一封给昨日的情书，给自己的情书。

这个世界没有什么是应该被忘掉的，就算是受伤也是一种经历。我们却总是习惯在旁人的追述中，才恍然记得自己错过了什么。佛说，“弹指一挥间。”每段青春，都是一截奋不顾身的蜡烛，只管纵情地燃烧，不去顾及，悔恨的潮水是否已没及脚踝。

这生命啊，曾如一粒豆子圆圆满满，跌跌撞撞，到处打探世界的音息；

这生命曾如一根修竹，碧绿婷婷，而又固执多情，坚守着青春里那个执着的梦；

这生命还将继续，如一条蛇，蜿蜒而冷峻，那是成熟的残忍；

这生命还将如一片叶子，终生漂泊，只剩下叶落归根的奢望。

亲爱的，你要学会独唱

妻子最近不知道怎么了，变得婆婆妈妈。先是和我提起父母的养老问题，埋怨我们家兄弟好几个，拿不出一个养老人的方案来。然后是女儿的教育问题，这是我们俩分歧最大的地方，我总是主张女儿富养，宽松教育，可她严厉得很，总是给女儿设定很多条条框框，害得女儿叛逆，一直与她剑拔弩张。再就是拿我的健康说事儿，罗列了一大堆我的健康信号灯，最后的结论是：不准我再喝酒。看吧，重点是这个结果，我这平生没有别的爱好，就喜欢喝点酒，现在，连这个也不让了。就因为这个，和她怄气，跑到家附近的一个小餐馆去喝酒。

餐馆是单位同事季平开的，主要是他的妻子来打理。季平的妻子肖曼以前是个歌唱演员，嗓子出了毛病，只能发出很小的声音，被迫从歌舞团提前退了下来。季平盘下这个小店，没想着赚多少钱，只想让妻子有事可做，分散一下不能再唱歌的忧伤。

一个把歌唱当事业的人，一下子坏了嗓子，甚至发声都有些困难，怎么可能会不难过和伤痛呢？就像舞蹈家断了腿，魔术师断了手一样，那滋味不是一般人可以理解的，除了季平。

季平甚至比肖曼更难过，可是在肖曼面前，还要强装笑颜，鼓励她走出阴影。

看我喝闷酒，季平过来陪我，自己倒了满满一杯白酒。

“我可从来没看过你喝过酒啊。”我讶异地看着季平。

“人这一辈子总要有点儿例外，今天就是想喝了，来吧，咱俩来个一醉方休如何？”他指着前台，示意我肖曼不在，回娘家了，今天他可以说了算，早点儿停业关门。

他问了我喝闷酒的缘由，不由得把一口酒喷了出来，笑话我小孩子脾气，“屁大点儿事还出来喝个闷酒，我看是你馋酒给自己找个引子吧。”

我的事不值一提，那就提提他吧。

季平一杯酒下肚，话匣子也打开了。自从肖曼嗓子坏了以后，他变得很沉默，和谁都不怎么说话，以前那个乐观开朗的人消失不见。此刻，终于又依稀瞥见他曾经的影子。

“我现在的心，就是一潭死水。”季平说，“别看我每天对着她强装笑颜，可是我心里，真的在替她疼，心如刀割的疼。她的歌声那么好听，多少人都着迷，可是命运为什么要这么残忍地对她？”

一滴眼泪溅到他的酒杯里，差点儿让那些酒沸腾起来。

“你知道吗？我多希望命运可以来一次互调，让我代替她，坏掉嗓子的那个人是我，让她可以继续歌唱。”

我才记起，他许久不曾唱过歌儿了。他是公认的单位里唱歌最好听的人，单位每次有什么活动，他都是积极响应的。

在家里，就更别提了，经常会听到他们夫妇二人深情而优美的对唱，那样充满歌声的日子，多么美好啊。可是从那以后，家里没有了歌声，在单位，季平也不再亮起他的歌喉，曾经的积极分子，一有活动，总是躲得远远的。

我除了唏嘘，还能说些什么呢？所有安慰的话都显得苍白无力。

他说他不是不会喝酒，只是不想喝罢了，因为他爱惜自己的嗓子，因为他喜欢唱歌。在他眼里，肖曼那么完美，而他呢，个子矮小，模样也不俊，当初肖曼看中的就是他的嗓子，也只有和肖曼在一起唱歌的时候，他才觉得自己配得上她。

可是现在，肖曼不能唱了，他的嗓子还保养着有什么用呢？

“来，干一杯。”季平端起酒杯，说，“现在，我觉得沉默是最爱她的方式，她可以歌唱的时候，我陪她歌唱，她无法歌唱的时候，我就陪她沉默。”

他有些醉了，我也不能再多喝。我得趁着清醒，赶紧回家，不然那些准备对妻子说的道歉的话，就会从嘴角溜出去，受了凉，暖不了人了。

妻子压根就没和我一般见识，留着门，也留着饭菜。在妻子的豁达面前，我深感羞愧。我和她提起季平两口子的事。“真是谁家都有难唱的曲儿啊！”妻子不免唏嘘感叹，接着说，“你们男人和男人之间可以聊，我们女人和女人之间更可以唠唠了，我明天就找肖曼去。”

我不知道妻子是咋和那位女歌唱家谈心的，从肖曼最近的精神状态上看，我感觉到效果挺好，肖曼又恢复了以往的优雅神采。

一天，肖曼找我帮忙，在饭店的大厅里安装了投影仪和音响，她说她想让季平唱歌！

“唱歌？”季平的头摇得像拨浪鼓一样。

“就当帮我的忙了。”肖曼说，她需要他唱唱歌捧捧场，这样客人也愿意光顾，饭店的生意也好些。

肖曼做了一张歌单，上面都是季平最拿手的一些歌曲。她递给季平，季平拿过来，在歌单的背面，他看到肖曼写给他的话——“亲爱的，人生不会总是我和你的二重唱，从今天开始，你要试着学会独唱”。

季平眼含热泪，时隔一年再一次拿起了麦克风，只是，这一次不再是与她的合唱，而是他自己一个人的独唱。

好久不唱了，嗓子都有些锈住了的感觉，不过还好，唱过几首之后，他的歌声重新焕发出清丽高亢的活力来。

吃饭的客人们掌声一片。

肖曼也是泪光盈盈，他们彼此拥抱。肖曼说：“你大声地唱出来，并不是不爱我，相反，我认为那是你爱我的最独特的方式！”

从此，我们的耳朵又有了福气，总是可以听见这个男人优美的歌声。那是一个男人的独唱，深沉宽广，味道醇厚，一听就知道，那是阅历了苦痛之后的沧桑和顿悟。

我不禁问妻子：“你让肖曼这么快就走出了悲伤的阴影，你是怎么做到的啊？”

妻子笑笑：“我只是告诉了她一些真相而已。”

“什么真相？”

“当然是关于爱的真相啊，傻瓜。”

我仍旧一头雾水，不明白妻子话里的玄机。

过了几天，肖曼又来找我，似乎有什么难言之隐，欲说还休的样子。最后，还是开了口：

“她让我保密，不让我告诉任何人。可是我真的忍不住了，好好爱你的妻子吧，她得了那么重的病，却一直都是一个人扛着。和她比起来，我为自己的老公做得太少了。”

这就是爱的真相！我为自己的粗心大意惭愧不已。肖曼的话，让我一下子解释清楚了那么多的“为什么”：为什么妻子最近总是无缘无故发着低烧？为什么夜里经常听见妻子刻意忍着的呻吟？为什么总是不经意间看到她发呆……也清楚了妻子最近的反常，她是怕自己有一天离我而去，对我，对这个家，对亲人们的种种不放心啊！

我才知道，这么多时日以来，她压住自己身上的恶劣天气，换来的，是我们全家人的风和日丽。

我翻遍所有的抽屉，想找到关于她的病情诊断书，可是没有找到，只找到一个日记本，里面密密麻麻地写着她对我的无数叮嘱，其中令我潸然泪下的一段是：

“亲爱的，没有我的歌声相伴，你要学会独唱。哪怕有一天，我真的在你之前离开这个世界，你也不要悲伤。我希望，你也可以用你完美的独唱将我怀念。”

干干净净的幸福

先说说一个富人的故事。

他是一家广告公司的总经理，开会、签约、谈判……每天都忙得不可开交。但不管他再忙，都会抽空回家一趟，哪怕只有十分钟，也要冲个澡。一个男人偶尔这样做不算稀奇，但十年如一日地这样做，就有点不可思议了。他经常找的借口是有重要东西落家里了，时间长了，朋友和同事们都管他叫“丢三落四郎”。这看似粗心的毛病并不妨碍他的成功，反而有了更好的帮助。比如有重要谈判的时候，他更是必须回家一趟的，冲个澡，喝杯茶，把身心都静下来，然后去谈判。每一次，他都会圆满完成谈判任务。他的谈判对手评价说他是一个有茶香的男人，极富有个人魅力。

所有人都知道，他的家里有一位贤内助，把他照顾得无微不至。事业有成，婚姻美满，男人们对他艳羡得不得了。

“嗯，我是真觉得有东西落家里了，就是你。我真想把你变成拇指姑娘，揣在兜里陪我去工作呢！”他和妻开着玩笑。妻满足地笑着，为他调好了水温，并静静地为他沏着一杯茶。

对这样的男人，她感到很幸福。因为她知道，自己是他手心里的宝。而她呢，也没有辜负他的爱，就算自己一个人在家里，也从来都是把家和自己拾掇得干净而光鲜。家里有钱，她也没有雇保姆，她总说，只有自己认认真真擦过的地方，才有家的味道。

她擦拭的不仅仅是屋子，还有岁月。她的幸福，亦是这般干干净净。

再来说说一个穷人的故事。

那是一个有洁癖的女人。家里每天都是干干净净的，一尘不染。

男人在一个工厂里做焊工，工作很累。但她每天必须让丈夫洗了澡才能上床。有一天，男人实在累极了，胡乱洗了一把脸就要睡觉，被她给挡在了卧室外面。没办法，他只好去洗了澡，心里却有些不高兴。

这样的事情积压得多了，终于有一天爆发了出来。

那是一个白天，他上夜班回来，她照例给他烧了热水，让他洗澡，尽管不愿意洗也得洗。洗完之后他去厨房拿起一根黄瓜啃起来，被她看见，一把抢过来，说还没洗干净呢，不能吃，顺道把他训斥一通，说他总是不讲卫生之类的话，他的心口就有点堵得慌，烦躁之下，看到她在沙发上摆弄着一只苍蝇拍儿，令他忍无可忍的是，她竟然在苍蝇拍儿上缝了一个口罩。给苍蝇拍儿戴口罩，简直滑稽，干净到这种地步，是不是有些变态啊?

他终于和她吵了起来。

最后，她哭着道出了原委。因为打苍蝇的时候会有声响，她怕影响他睡觉，给苍蝇拍儿套上口罩之后就可以解决这个问题了，打苍蝇就会没有多大的声响了。

她是心疼他啊，累了一夜，只想让他好好地睡觉。他也终于知道了，每天让他泡个热水澡，不光是为了干净，也是为了让他解解乏。

他紧紧抱住眼前的这个女人。他知道，这就是幸福，简简单单、干干净净的幸福。

这样的幸福里，没有其他杂念，只有两个人彼此惦念的心。

被典当的青春

人到中年，总是忍不住回过头去，想看看身后青春的靓影，可是遍寻不见，只有一串歪歪扭扭但总算没有跑偏的脚印。

青春，终是离我远去了。所幸，那青春里散发的青草的味道，还在。

最远的青春是童年。

小伙伴用三五颗糖果，换了我一本小人书。糖果吃没了，小人书不见了。我又用三五颗糖果，把它换了回来。小人书看过很多遍了，可还是舍不得把它放到别人那里，还是喜欢放在自己的枕头下面。

喜欢将丢弃的圆珠笔芯放到水里，水面荡漾起一圈彩色的涟漪，那是把蓝色剥离后的颜色，是阳光的颜色。没有人在意这小小的污染，只当那是一个孩子色彩斑斓的心。

讨厌一个人，会在一面墙上写上他的名字，然后写几句咒骂的话。过几天，两个小伙伴和好如初，又偷偷地跑来，把那个名字涂掉，换成另一个人的名字。直到我们渐渐辨别了是非，渐渐地长大。

现在，还会有小人书那样喜欢的东西吗？一本书，怕是翻了几页就迫不及待地扔到一边去了吧；现在，讨厌一个人，怕是一辈子不会再喜欢得起来了。

刻满刀痕的木门涂上油漆，就可以瞒混过关，照样卖个好价钱，可是人心的裂缝，要涂上什么，才能让它显得完好无损呢?

最疼的青春是爱情。

青春年少，不懂珍惜。你在，我就与你牵手，一刻都不想松开，一副离开你就无法活下去的模样。可是和你分开，我却也不伤感，我给自己的安慰是，这样可以独享思念的芬芳。

春天有多少伤口都不怕，因为坚信，在夏天会找到一块块补丁。

吵架拌嘴就像夏天的麻雀一样必不可少，不管不顾地在纯洁的爱情里泼谎言的脏水，就像在雪白的墙上钉钉子，你是心疼那钉子，还是心疼那无辜的白?

爱情其实只是一颗不知道名字的果，被涂上了红晕，看着诱人，但只有吃下去才知道里面是酸还是甜。而所谓的婚姻，不过是风花雪月正在凋零，柴米油盐长势日盛。

现在才知道，生活不都是光洁如新的，也有生锈的一面。

那个时候不知道为什么，一看见别人弹琴，就有一种莫名的冲动和兴奋涌上心头，甚至流淌出一股流泪的喜悦和感动，于是我也去买了吉他，购了曲谱，一切准备就绪，感动和眼泪却没有水到渠成地涌来。人，总是习惯旁观的啊!

这并不妨碍我爱一切唱歌的人，爱一切从我窗前，借我的窗玻璃拢一拢头发，展露笑容的人。尽管，我已是一个靠回忆才能触摸到青春额头的人。

青春里习惯了挥霍，因为一切都还可以重新来过，所以肆无忌惮地绽开，恬不知耻地怒放。曾经的青春，被我典当给了谎言、烈酒、霓虹、八卦……我把大把的热情都付与了青春，它却只给我打了一张白条，多少年过去了，时光依旧死乞白赖，不肯还债。

现在，我把青春典当给了回忆，什么时候，我还能赎它回家?

第二辑　若爱，就一骑绝尘地爱下去

人走过的地方毕竟和风吹过的地方不一样。那种味道告诉我，你来过，并且用泪水画出了爱情的脖颈，用哀怨描出了爱情的双眉。

我等待着下雨，等着沥沥的雨，把所有的苦都酿成糖。

——《等爱，把我缝补得完好如初》

游吧，趁着
时光还未老去

总是莫名地笃信，自己的前生是一尾鱼。

我曾在一首诗中写过：我是一尾鱼，红尘是我必须要游过的河流。

这个想法时刻缠绕着我，一天、一年、一生。

一尾鱼，是我想要的一种生命形象：快乐无忧地游来游去，没有过多的奢望，没有过于密集的贪恋，就算记忆，也只是保存着那可怜的七秒钟。但就是这七秒，道尽了人生的大智慧。人，究竟有什么是放不下的，金钱、权杖、情欲……哪一样最后不凋落成一片叶子、一粒尘灰呢！

生命的形象，就是我们在处世中演变的态度。也许谁能让心灵不贪迷成长的利益，谁就能让自己如一个天使，在不老的空间里飞行。

如果成熟就是变得冷漠，那么我宁愿一辈子不长大。

我们总是盼望着时光可以保鲜，停留在某些美好的时刻，第一次被老师夸赞，脸上泛起的红晕比晚霞还要灿烂；捧着第一本发表了自己文章的杂志，一夜不曾合眼；第一次不小心触碰到心仪的女孩儿的手，而她竟然没有缩回去；第一次领了工资，看着全家人喜滋滋地品评着自己买给他们的礼物……

想让时光成为让自己随意摆布的时钟，撤下电池，便停止了走动。可那毕竟是我们的一厢情愿，时光依旧游走，没有片刻停留。那些年一起追的女孩儿红颜老去，那些年一起打球的队友隆起了啤酒肚，那些年一起写诗的哥们儿痴迷于斗地主，那些年一起弹吉他的兄弟贩卖起木材……我们就像那一天到晚游来游去的鱼，自在而逍遥，迎面相爱，掉头遗忘。那七秒的记忆里，真的装不下太多。

从时光深处走来的亲爱的人，从记起一张脸，到缠绵悱恻，到寂静欢喜，到逐渐丰盛、安静、从容。也有一些人，越想将之沉入海底，却偏偏浮出水面，与之同来的还有那段艰难而残酷的往事。人所经历的，往往像小时候长着的、带浓的暗疮，虽然痛但又不是病，只不知何时恢复。

尽管生命中，有些事刮掉了会疼，就像鱼身上的鳞片，但我们要尝试着忘却，痛着的、爱着的这人世的一切。

危险的胸口上，常常起伏不定，仿佛是一种挣扎，又仿佛酝酿着某种阴谋。那是曾经的爱，留在我心中的痕迹，像长久的痛和欢乐，夜夜卷土重来。

侯孝贤说过：“所有的时光都是被辜负被浪费后，才能从记忆里将某一段拎出，拍拍上面沉积的灰尘，感叹它是最好的时光。”

那么，游吧，尽情挥霍你的青春；游吧，趁着你的四肢还算有力；游吧，趁着时光还未老去。

爱，总要
拐几个弯儿才来

他和她，是经人介绍认识的。

他是一个的士司机，老实巴交的一个人。长年累月，风里来雨里去，行遍了小城的每一个角落。她是银行的小职员，每天两点一线，很内向、很规矩的一个女孩。正因为两个人这样的性格，导致了他们成为大龄的“剩男剩女”。

他和她在一起，话不多，常常会因为想不起说什么而有些尴尬。她和他在一起，常常心不在焉，一颗心没有着落的样子。中间做媒的人跟着着急，问他们到底还处不处这个对象，两个人没说处也没说黄，彼此等着对方说些什么，却都是欲言又止。

偶尔，他们也会聊起那些过往。他说，媒人给他介绍过两个对象，可是最后都黄了，因为其中一个不让他把母亲接过来住，而另一个却是嫌他穷。就像他的人一样，连过往的经历都那么平淡无奇。她也对他说了她的过往，从她说话的表情来看，她是留恋那些岁月的。她说她有过两段感情，烟花般绚烂而又短暂。两段感情都有着相似的情节，灿烂的开始，落寞的结局，两个男人先后负她而去。这两次情感经历就像两把刀子，生生地割着她的肉。她是一个“死心眼”的女人，总是无法从记忆的阴霾中走出来，家人跟着着急，就想让她尽快嫁出去，怕她这样时间长了会生病。

情人节的时候，憨厚木讷的他不懂得给女孩子送花，更别说什么好听浪漫的话语了，只会开着车子对她说：“带你看看咱城市的夜景吧，很好看呢。”她就坐在车里，不说什么，任凭他把车子开到哪里。她想起以前的男友，在情人节的时候找来一大帮人，为她在一个偌大的楼顶燃放烟花，那些异彩纷呈的浪漫璀璨了她那颗少女的心。只是她想不明白，那样美好的东西，为什么会稍纵即逝呢?

“哎！”她轻叹着，哀怨的眼神飘向窗外。她说她总是不能忘怀，那些浪漫的情节，仍旧时常在她的梦里闪现。每每这个时候，他也会轻声地跟着叹息，仿佛对面坐着的，是他的一个受了伤害的亲人。

每天她下班的时候，他都会准时把车停在她的单位门口等她，送她回家。他不说什么，就那么憨憨地笑着，接过她的包，替她打开车门，每天都是这样。如果哪天单位加班了，他就在外面等，哪怕等到深夜。和她的“死心眼”比起来，他就是有点“一根筋”了。按理说，通往她家的是一条大路，他完全可以在那条大路上直达她的家。可是他偏偏不走大路，总是七拐八拐地走一些小道。她在心里笑他，以为他只是想和她多待一会，可是又不善于表达，就想到这个笨笨的办法，虽然可笑，也挺可爱的。想到这里，她并不埋怨他。

终于忍不住，有一天，她问他：“有条大路可以直接通向我家的，你为什么总是要走小路呢？七拐八拐的，费事不说，也费油啊。”他只是笑笑，没说什么。

日子就那么过着，两个人谁也没说过和爱有关的字眼。他认为每天能开车送她回家就很幸福了，他以为这样就代表她默认了他们的关系。直到有一天，他突然接到她的电话，让他别去接她了，她说有事情不回家了。他并不奇怪，只是到了那个时间，很习惯地又把车子开到了她的单位门口。可是他却看到她坐进了别人的车子，那是一辆白色的雪铁龙，耀眼的白，刺得他有些睁不开眼睛。

一连好几天，她都说不用他去接她。他开始有了某种不祥的预感。果然，她在电话里对他说，以后不用接她了，她说他们在一起不合适，她说祝愿他找到一个比她好的姑娘。

那些日子，他跟丢了魂似的，没心思做任何事。每天到了那个时间，他还是忍不住要去那里等她，但每次都是看到她坐进别人的车子。

有一天，那辆车没有来，他看到她了，不停地拿出手机，不停地拨着号码，然后就是不停地哭，不停地问着“为什么”。看着她在风中因为抽泣而不停抖动的身子，他的心底有一种被撕扯般疼痛的感觉。他脱下他的外套披到她的身上，他说回家吧，天气凉了。

她说她以前的男友从国外回来了，约她见面，说很想念她，想重新和她在一起，让她再给他一次机会。她原谅了他当初的背叛，她以为这是上天对她的怜悯，让自己的生命重新灿烂夺目。没想到，这又是一场烟花表演。就在他们约会的地方，一个自称是他太太的女人出现了，那是个很厉害的角色，当着他的面，重重地扇了她一记耳光，说她是个狐媚，净想着勾引她的男人。委屈的泪水夺眶而出，她感到自己有些支撑不住，天旋地转，随时都有倒下去的可能，可是他却跟着那个女人，灰溜溜地走掉了。

稍纵即逝的烟花，又一次烧焦了她的心。

“哎！”他还是陪着她轻叹。他不会说安慰的话，只能给她讲在广播里听到的笑话，跟她说一些奇闻异事，跟她说刚才的天气预报，说明天要降温，记着多穿点衣服……她的心慢慢平复了，她说谢谢你，送我回家吧。

他还是不走那条大路，七拐八拐地还是走那条小路。终于，她还是忍不住地问他：“为什么不走大路呢？”

他说：“你没看见前面有个很大的垃圾堆吗？如果走大路，车子就得停在垃圾堆那边，那样，你不是还得多走50多米吗，呵呵。从这边走，就可以直接到你家门口了。”

她愣怔了半天，没想到这个木讷的男人竟然如此心细，她忽然感觉到一种前所未有的温暖。

她想，单单这一句，该是胜过所有浪漫的山盟海誓了吧。

他把车灯打开，直到她进了屋，开了灯，他才转身离去。

她给他织了件毛衣，说冬天到了，天天起早贪黑的开车，要穿得暖和些。他迫不及待地在大街上就把毛衣换上了，满脸满心的幸福喜悦。

她想，能给另一个人带来温暖，也是件很幸福的事情呢。

看着夕阳下仿若天使的她，他咬了咬嘴唇，似乎下了很大的决心似的，而她的脸上亦是挂满红晕，似乎在等待着他说什么。“我……我……”他挠着脑袋，喃喃地说，“以后你下班的时候，我还可以去接你吗？”她被他的憨气逗乐了，大声地说：“当然了，而且不走大路，走小路。”

他和她都笑了，天上开始飘起雪花，慢慢地落到地上，正在织一张幸福的地毯。

她终于敞开了心境，她想，人生不会都是笔直的大路，有时候，爱和幸福一样，也是七拐八拐，拐好几个弯儿才来的吧。

若爱，
就一骑绝尘地爱下去

不爱，请收起缰绳，策马回身。若爱，就一骑绝尘地爱下去！

爱你的草原，也爱你的荒漠；爱你的殿堂，也爱你的茅舍；爱你的圣塔，也爱你的烟囱；爱你的锦缎，也爱你的布衣；爱你的美人痣，也爱你的黄雀斑；爱你的光滑，也爱你的褶皱；爱你的歌声，也爱你的絮叨；爱你的前额，也爱你的脚跟；爱你的金黄，也爱你的灰暗……

我将舌尖上的酒分你一滴，你将脸颊上的红匀我一朵。

在爱里，最怕的就是哪怕半点的犹疑。爱就爱得义无反顾，爱就爱得荡气回肠。骑马奔向你的村庄，惊动了你的鸡冠花，一骑绝尘，跨越参差不齐的木栅，停于你的屋檐下。等着牵过你的手，将你置于马上，与你一道浪迹天涯。

从此，你给我写过的信，哪怕是病句，我一样当成箴言和诗行；你对我说过的话，哪怕是呵斥，我一样奉为神谕和圣旨。

从此，在早晨一起醒来，我担水砍柴，你喂鸡做饭；在夜里一起躺下，睡熟的时候，呼噜挨着呼噜，此起彼伏。

假如你是一粒种子，在我之前，睡进泥土里。我会毫不犹豫地躺在你旁边，哪怕那儿的泥土很薄，很贫瘠。

很多年前看过一部法国电影《巴黎野玫瑰》，女主角叫贝蒂，一个不羁而略有些放纵颓废的烈性女人：年轻、美丽、凛冽。在浓烈的感官性爱后的一个清晨里，她在清理床下的垃圾时，无意中翻出了男友以前写的小说，在连续阅读了两个昼夜后，她感受到他应该属于文字而不属于油漆。

走，去巴黎吧，爱人。一把火干脆利落地断了男友的犹豫。

在现实的巴黎，一切都要从零开始，学打字、打书稿，在朋友的餐厅做工应付窘迫生计，一次次去敲每家出版社社长的家门……仍然有性爱，但那时男友日常生活的中心已让位于门前那个信箱，那个近在咫尺却又遥不可及的希望。

希望一次次因退稿而破灭，终于选择再度逃离。

在朋友乡下的小镇上，贝蒂安静地努力接受那个不认可的现实，希望再度重生：为这个男人生一个孩子。然而命运却再度以失望交付。爱终于在一次次绝望中崩溃，她弄瞎了自己的眼睛，弄乱了自己的神经，最后她逼着男人如捏碎自己的心一样把她给掐死。她的爱以这种极端的方式得以永恒。

这样一个女人，因为爱来，因为爱去，用她的轰轰烈烈给爱做了标注：爱情可以高于自己，可以高于生命。而眼前这个世界，爱的歌声从未谢幕。什么是爱？却越来越难以定义，爱离人们越来越遥远而日渐模糊。谁在怀念贝蒂，怀念巴黎郊外的这朵野生玫瑰，怀念她曾经的年轻、美丽和凛冽，更怀念她对过往的毅然决绝，以及追逐爱情时的一骑绝尘。

每个人都在选择独特的爱情，每个人都在选择独特的人生，每个人都在选择独特的死亡。一朵玫瑰的凋谢并不稀罕，但是一个人以“玫瑰”的方式凋谢就很独特；死亡并不稀奇，但是一个人用爱人的手去拜访死神就很独特；爱情并不稀有，但是一个人，爱人爱到死就很独特。

她身披火焰，驾着烈马。不管那前面是多少级的风暴，四起的谣言卷起多深的旋涡，她都不会退缩，哪怕，那前面就是死亡的悬崖。对于尘世中相爱的人们，贝蒂那极端的爱，并不是值得歌颂的范本，但是她让我看到了一场轰轰烈烈的爱的盛宴，那是属于飞蛾的盛宴，那是属于烈火的饕餮之舌。

她只是在告诉尘世中相爱的人们：不爱，请收起缰绳，策马回身。若爱，就一骑绝尘地爱下去！

路过我心，请迈着梅花鹿的步子

我的心是一张白纸，路过我的时候，我希望，你迈着梅花鹿的步子。那样，梅花鹿的小蹄子，就会在我的心上反复地来回游走，踢踏出一幅曼妙的画来。

一幅曼妙的画，于我是何等重要！就像，积聚了半世的笔墨，等着某个人在某一刻来为我的一生题词。我希望得到的两句诗是：身为菩提拂万物，心似莲花不染尘；就像，一个露水般干净的新娘，等着一个人来掀开她的红盖头。

可是，在婆娑的月影下，你还会来吗？

夜里的露水，洗净了你的小蹄子，我不许你跑进那黑暗的境地，月光照不到的地方，我不放心。

那就径直到我的心上来。我清空一切凡尘迎你，在心底举行一次盛大的欢迎仪式，你无须盛装登场，只需迈着梅花鹿的步子。

经过我心，无须你带来外面的消息，我不想打听灯红酒绿里的秘密，不流连歌舞升平里的欢愉。如果可能，请带来一缕风，轻轻吹动我心底的一朵云。这朵云于我心底睡了很久，到了该唤醒她的时候。

每个人都有属于自己的一个关于桃花源的梦吧。那里风和日丽、四季常青，不论时日多久，都不见任何衰败的迹象，这就是所谓的永恒吧。

月光，是我无比寂寥的人生中唯一的欢愉。但不必纠结于丢失和寻找，把她想象为孩子们的迷藏，请任由她绽放或者躲藏。

是的，我所求甚少，一抹月光就足以慰藉我半世沧桑的心。偶尔，月光不见了，我亦不觉得悲苦，一颗心总要经历一些黑暗的时刻，此时，请允许我自由支配我的痛苦。

闭上眼睛，灵魂在呼吸——

人，习惯了在音乐里寻找安慰。那些音符，把我从陌生的路上唤回来。灵魂似乎被抽去了丝，轻得如一缕香，承不得一件薄纱。

人，习惯了在绘画里复制梦幻。那些线条，把我推上奇异诡谲的一段旅程，无数被重复的风景，重新经过我的眼底，它们无法再次将我点亮。

人，习惯了把埋藏在地下的财宝，视为自己的孩子。这根深蒂固的贪婪，把人心牢牢地扎根在暗处。你是否闻到，一股腐朽的味道?

哦！月光出来了，我睁开眼睛，接住她递过来的手帕。

我用它熨平了我的心。

我的心是一张白纸，路过的时候，请你迈着梅花鹿的步子，轻点，再轻点，我要的，不是那小蹄子敲击出的乐调，而是她踩出来的花瓣。

轻点，再轻点！

欢乐是痛苦的铠甲

去年冬天，因为工作的缘故，认识了侯老，年过花甲，剪了个小平头，头发浓密但已花白，交谈之中，发现我们有很多共同爱好：写文章、旅游、摄影、玩游戏、制作短片……

侯老最爱玩的游戏是《抗日：地雷战》，他说小的时候是看抗战电影长大的，他一直有个心愿就是亲临一场抗日战争，在战场上用刺刀和日本鬼子血拼，可是只有游戏才能帮他实现这个心愿。接着他还给我看了一些他恶搞的影片，乐得我俩肚皮乱颤，他说他还在学习中，总有一天，要拍一个自己的微电影。他童心未泯，活到老学到老的精神让我感动。

我就在想，要是我也老了，一定也要像他一样，玩着自己做的游戏，看着自己恶搞的电影，快乐得疯掉。

侯老热爱写作，虽然他说他只是初中文凭，但十分热爱阅读，并在闲暇之中进行文学创作。他的作品充满讽刺色彩。他给那些文章汇总到一起，自己装订成册，取了一个书名，叫《谐谑集》。

当时我就鼓动侯老开个博客，把自己的荒唐集放在上面，让大家共赏，他立刻就喜欢了这种新生事物，并给自己的博客起了个名字叫作“老顽童之家”。

有了深度接触之后，我才知道他是一个失孤老人。四十五岁的时候，儿子出了车祸，二十多岁的大小伙子，说没就没了。这世上没有比白发人送黑发人更可悲的事情了，况且，那还是他的独苗。

他犹如一块正在燃烧的炭火，猛地被泼了一盆冷水，生活里的热情一下子全部熄灭。他和老伴儿一起瞬间苍老下去，老伴儿憔悴得更厉害，常常是一整天一言不发。他想，孩子没了，可生活还得继续，不能就这么垮下去。在黑暗的炼狱走了一遭之后，他终于顽强地挺了过来。

他懂得用快乐去覆盖痛苦，也懂得用快乐去安慰老伴儿，陪老伴儿一起去旅游，一起去实现年轻时候没有时间来完成的一些事。

他像一个贪婪的孩子，不断地在生活的矿井里挖掘快乐的金块儿。这不，刚刚听说他开通了微信，并有了自己的公众号，他幽默谐谑的文章通过新的途径又传播了出去，给很多人带去了快乐！

再见到侯老的时候，他的怀里抱着一个三岁大的孩子，他美滋滋地和我说，这是他和老伴儿去孤儿院领养的一个孤儿，他说这是上天给他们的礼物。

“我要给孩子拍很多短片，一直到他长大。”侯老的脸上，挂着掩饰不住的兴奋。

家里的墙上还挂着去了另一个世界的儿子的照片，但侯老已不再那么悲伤。他领悟到，不舍得丢弃回忆的人，也可以很快乐。曾经的美好都是宝藏，是永不过期的支票，可以用来支取快乐。

狄金森在一首诗中写道：“受伤的鹿跳得最高……受锤击的岩石飞迸！被践踏的钢条反弹！那格外红的脸颊，是肺结核在叮咬！欢乐是痛苦的铠甲……”

痛苦来袭，就用快乐去抵御吧。只有让痛苦止步，幸福才会上路。

等爱，把我
缝补得完好如初

秋天，从一把镰刀开始，它是村庄里最木讷的儿子，默不作声，埋头苦干。

秋天，以一捆稻穗结束，它是大地上最羞涩的女儿，欲说还休，暗自飘香。

我想，是镰刀累了吧，所以咬我的手，轻轻咬了一口，又咬了一口，一共是七口。

那时，风从稻田深处吹过来。在稻子的清香和阴影里，风和风窃窃私语，镰刀上沾满薄薄的血液和不可更改的宿命。

那时，广袤的稻田里所有的镰刀都走着、舞着，白花花的像迎春的大雪。

那一刻，除了珍惜，没有谁会给予施舍；除了弯腰，没有什么能与生命亲近。整个大地空旷无边，我只是其中最小的稻穗。谁知道遇见了你，带来一阵慌乱的风。

你使我雀跃，又使我一夜无眠。

其实那时就注定了，你是割伤我的那把刀子，轻轻地咬我的手，我的心。

你来了，在稻穗饱满的时节。你是注定要来收割我的吗？如果那样，我会含着微笑，躺在你的怀里，忘掉天空，忘掉尘世，只记住你，唯一收获我的人。

可是镰刀咬了我七口，你注定要伤我七次吗？

你一次次重新回来，只是因为爱过，忘掉往事比记住往事更难，更需要坚定的心。我只有在那里等待，除了被你收割，我别无退路。

我是稻穗，我只能在秋天怀念你。

可是镰刀咬了我七口。

风很大，足够掀开秋天的所有秘密。秋天有秘密吗？应该没有，秋天是揭开谜底的季节，是一切都了然于心的豁达，是尘埃落定，是你终于说出的爱和离开。

风没有家，却仍然那么乐观。我们有家，却总不愿出来。

镰刀割倒了稻子，也割倒了一垄垄晚霞。镰刀是轻飘飘的，稻子却是全村人最重的心事。

在空荡荡的生命里，稻穗的爱情在经历一次冒险。

人走过的地方毕竟和风吹过的地方不一样。那种味道告诉我，你来过，并且用泪水画出了爱情的脖颈，用哀怨描出了爱情的双眉。

我等待着下雨，等着沥沥的雨，把所有的苦都酿成糖。

我注定要被你所伤，也只有被你所伤，才能变成粮食，喂饱你每一个香喷喷的日子。

我宁愿被你收割，也不愿意被麻雀衔走，那样，我的灵魂会四处漂泊。

我垂下头颅，等着爱，把我撕得粉碎。

我安然躺下，等着爱，把我缝补得完好如初。

美妙的路，走一半就好

在第18届农心杯三国围棋擂台赛上，中国的先锋范廷钰刮起一波七连胜的旋风，创造了历史，在中国棋手未损一人的情况下，直接逼出韩国和日本的主将。随后与韩国第一人朴廷桓的对决成了棋界瞩目的焦点，如果范廷钰胜，则百分之九十会“一杆清台”，因为最后的日本主将，实力远在他之下，照此设想，他完全可以凭一人之力终结擂台赛。朴廷桓“压力山大”，如果输掉，韩国围棋将面临第一次在一届擂台赛上一盘不胜的窘境，这将是一个围棋大国的屈辱。最终，朴廷桓顶住压力，顽强地赢了此局。很多人为范廷钰惋惜，如果可以九连胜“一杆清台”，那将会成就一个多么罕见而伟大的千秋霸业啊。可是输棋之后的范廷钰并未过多的失望，他对自己的表现很满意，虽然没有“一杆清台”，但精彩刺激的过程，是一段百转千回、荡气回肠的美妙之路，足以令他回味半生。

我想，这心态才是决定他七连胜的最关键因素吧。他享受的是过程，而不是最终的圆满。

人生何必要过分追求完美呢，美妙的路，不必一走到底。

其实，世界上没有十全十美的人和事，人人有本难念的经，完美并不是一种生活态度。美学中有所谓的“缺陷美”，不但不会破坏整体美，反而使原有的美变得更美，因为这样的美更贴近自然和真实。没有缺点过于完美，反而使人感到不亲近、不真实，导致难以产生美感和共鸣。就像写小说，如果你把一个人设计得一点缺点都没有，完美无瑕，过于“高大全”，就会有脸谱化的嫌疑，一点都不真实，那样的作品自然也没人愿意看。

有一个圆，被砍出一个缺口，从此，它活着的全部意义就是去寻找那个被砍掉的碎片，它想要找回一个完美的自己。

由于有缺口，它滚动得非常慢，正因为如此，它欣赏到了沿途美丽的鲜花，听到了鸟儿动听的歌声，还可以和虫子们聊天，享受着阳光的温暖……终于有一天，它找到了那缺失的碎片，变回了完美的圆。可是它突然发现，这样的自己滚动得太快，眼前的一切都匆匆而过，模糊一片。它错过了花开，屏蔽了鸟语，漠视了虫子……除了呼啸而过的风，它再也无法亲近任何一样美好的事物。当意识到这一切时，它毅然舍弃了历尽千辛万苦才找到的碎片。

世界上的万事万物没有尽善尽美的，过度要求完美可能会造成心里失衡，损害健康。每个人的一生都不是完美的一生，或多或少都有缺憾，正因为这些“缺陷美”使我们的人生更加精彩，使生活更富有新意，不断地追求，不断地完善自己的人生。

相比于满月，我更喜欢那个慢慢攀爬着的瘦弱的上弦月。

一个身患恶疾的母亲，临终时留给尚未成年的孩子一封信，信里说：“妈妈不能陪你走完全程，妈妈先走了，剩下的路，你要好好走，继续快乐地走，就像和妈妈一起走的前半程一样，很美妙。以后，妈妈不能陪你走的路，你要坚强和勇敢，也一定要走得很美妙……”

我看到的是一个母亲隐忍着泪水，在告诉她的孩子，人生有很多缺憾，不必太过悲伤。

一个微信上的好友和我说起他的困惑，他交往过一个漂亮的女孩，他们相遇相识，很默契很合拍，一个眼神就知道对方在想什么。他们的关系也迅速升温，超越了朋友，但离爱情总差一点点，因为她不承认他们的感情。是太多的现实条件，使他们的心不能再近一步，他深深地爱上了她，她也对他各种依赖，他们之间绝不仅仅是所谓的友谊，可是女孩自始至终就是不承认爱的存在。他问我，这样是不是很可悲？我们要退到朋友的关系吗？对这浅尝辄止的爱情，该何去何从呢？

我告诉他，必须弄清楚一件事，如果确定是爱，而非迷恋，那么请深爱，不必放手，迟早有一天会把她拥到怀里；如果仅仅是迷恋那种感觉，那么可以很释然地放手，不必地老，不必天荒。这样美妙的路，走一半就好。

在网文《长岛的雪》中看过一句话：当我明白长岛没有雪的时候，我学会了浅尝辄止。

这真是比雪还有意境的一句话，人的欲望是无止境的，而我们的生命是有限的，无论如何我们都不应该无谓地挥霍生命。浅尝辄止是医治“欲望症”的最佳良药，它让我学会了不再深究，不再固执，不再纠结于华丽的场面以及某一种来自欲望层面的诱惑。

冬天，有一盏 叫“年”的灯笼

进了腊月，就闻到年的味道了。朋友在来信中说：“这平淡中凸起的年，不知不觉地唤回了我们丢失了三百六十天的心……”

这平淡中凸起的年，是让人归心似箭的五天。因为这五天，时光有了一个方向，它让日子里的水滴不停不停地流向一个叫作“年”的湖泊，那里阳光普照，那里鸟语喧哗；因为这五天，岁月有了一个心脏，它让平淡中的脚步不停地走向一个叫“除夕”的家园，那里空气清鲜，那里人声鼎沸。

关于年的最快乐的印象始终在童年。那时，一个罐头瓶子里点上半截蜡烛就是灯笼，就能点燃孩子心上的火苗。我们拎着灯笼满街疯跑，像一群小小的天使，在夜里播撒着平安的消息，又像一只只萤火虫，积攒着一个个梦想，给苦涩的童年带来一点点安慰。那一盏盏幽暗的、不息地跳动着的火苗，照亮了一个个成长的出口，照亮了多年以后一个个爱的秘密。

那时，鞭炮是舍不得成联放的，要一个个地拆下来，一个个地放，尽管那响声沉闷又不脆亮，可是在孩子们看来，那声响就美得如同诗人耳边的鸟鸣，钢琴家指尖上的涛声。等到把那一联鞭炮噼里啪啦地放完之后，孩子们还有余兴节目。他们会在大街小巷搜寻那些“哑炮”，然后一一拾捡回来，把里面的炮药挤出来，再用纸一层一层地包好，按上一个捻儿，就成了最普通的“礼花”，在黑漆漆的夜里，找一群伙伴来，围成一圈，看一场热热闹闹的焰火表演。

进了腊月，母亲便开始做黏豆包、蒸馒头、冻豆腐，忙得不可开交。母亲会把父亲提前买回来的糖果用一只篮子高高地挂在房梁上，免得我们这些“小馋猫”偷吃，可是不管母亲将它们挂得多高，藏得多隐秘，我们总有办法弄到手，往往是年还没到，年货先少了一大半，就连冻得比铁疙瘩还硬的黏豆包，也被我们硬生生地啃得只剩下个筐底。

父亲是从来不买对联的，只买红纸和墨汁。他总是兴高采烈地说：“家里这么多大文豪，还写不出一副对子来？”我们就编词的编词，写字的写字，各司其职，不亦乐乎。对仗不工整、歪歪扭扭的对联常常惹来邻居的哄笑，可父亲一直让我们坚持这个习惯，这大概也是日后我喜欢上文学的原因吧。

过年的时候，我们要把一个大大的“福”字倒着贴在门上，内心的梦想只有一个：把福气关进门里。现在想想，福气不是关住的，而是源于你对世间，对别人爱的程度。所以在门上贴福字，其实就是在积攒对人间的祝愿。

平淡中凸起的年，就这样点亮了我的童年，点亮了我的生命。

冬天，有一盏叫“年”的灯笼。所以，日子虽寒冷却是明亮的。它使老妪的双颊重新染上青春的红晕，让她的丈夫在蓦然回首中，添几分惊喜。世人的心，透过厚厚的棉衣，又重新聚到一起。

在对年的守望里，家是最亮的一颗星。天南海北的人都向着家的方向奔涌而去。内心中无家可归的人是最为凄楚的人，哪怕他有山珍海味，哪怕他有名车豪宅。因为家不仅仅是一座房子，还要有一盏温情的灯，一个望眼欲穿盼你归来的人。

平淡中凸起的年，就这样轻声呼唤着我们丢失了三百六十天的心。

宝贝，别忘了给妈妈开门

有一次生病住院，在医院看到了一幕令人心酸的场景。

一个年轻的母亲身患绝症，而且治疗效果很不好，情绪非常低落，常常一个人独自哭泣。可是每当丈夫和女儿来看她时，她又必须打起精神强颜欢笑。

一天，丈夫和女儿来医院看她，小女儿依偎着爸爸，满脸茫然。病房内一片沉默，空气似乎也凝固住了。

她招手让小女儿过来，靠到自己的怀里。

“你现在靠在妈妈的怀里，能感觉到妈妈爱你吗？”她问。女儿抬起头看看妈妈的脸，使劲儿点头。

“你如果没来病房，在家里的时候，你感觉得到妈妈的爱吗？”她又问。女儿坐到了妈妈的膝盖上，再点头。

“你要是到学校去上学，不在妈妈的身边，你还会觉得妈妈疼你吗？”她再问。女儿靠在了妈妈身上，还是点头。

年轻的母亲定睛看着小女儿：“所以乖女儿，你要知道，不管妈妈在哪里，哪怕是天堂，我的爱永远都在！”

我看到她忍不住小声抽泣起来，紧紧地搂着女儿，女儿则坚强地不哭，大概是想让伤心欲绝的妈妈放心，两只细细的小手紧紧地抱着妈妈。

病房内除了母亲的哭声，一切归于沉默。良久，她抬起女儿的小脸蛋，定睛瞧着。俩人眼睛对眼睛，鼻子靠鼻子，互相要把对方印进心田里。

那种凝望让我永生难忘，那是一种穿越生死的凝望，在那一瞬间里，母亲把女儿的一生都捋顺了一遍，女儿则把母亲的这一刻变成永恒，两颗心紧紧凝结在一起，任何东西都无法将她们扯开，包括死亡。

“妈妈到了天堂之后给你写信，好吗？”她说。

小女儿没有哭，只是抿着嘴，咬着唇，点点头说：“我也要给妈妈写信。”

“好，我们拉钩！”她和小女儿的手指勾到了一起，许下了生离死别的一诺。

从那以后，我看到她仿佛变了个人一样，不再那么静静地等待死亡。她偷偷地写信，女儿六岁了，她要写十二封信，每个生日里让丈夫交给孩子，一直到孩子长大成人；她录制磁带，里面全是无尽的叮咛和不舍；她主动和我们聊天，聊她可爱的女儿，如何如何讨人喜欢……她变得不再那样悲伤，她正试着如何直面死亡，如何与家人告别。

“死也没啥。”她和我们说，“虽然自己马上要走了，但我的爱却能永远陪伴着女儿，我知足了，因为我的爱在女儿那里得到了永存。”

她给我看了她写给女儿的信，我的眼睛被泪水模糊，却永远记住了其中的一句话：“宝贝，妈妈会常常到你梦里来，别忘了给妈妈开门……”

有一种爱，永世轮回，死亡从来都不是它的终点。

谁和你的青春最般配

朋友在夜市开了一个大排档，邀我去品尝一下他的手艺。我遂约了几个要好的哥们儿去捧场。别说，朋友的手艺还真不错，天气燥热，哥几个不一会儿就干掉了一箱冰啤酒。正喝到高兴处，进来一个男孩和一个女孩。那个男孩长得很普通，女孩却漂亮得很，令我们眼前一亮。女孩的惊艳出场，让我们更加有了兴致。有个顽皮的哥们儿竟然打了一个很响的哨子。那女孩倒也不拘谨，朝我们这边笑了笑，和那个男孩手牵手坐到了最里面的位置。

“这么漂亮的妞儿怎么找了那个黑小子，明显的不搭调嘛！”

“就是，也不该领这漂亮女孩到这种地方啊，应该去咖啡馆。”

我那哥几个明显有些心里不平衡起来。

那个男孩声音很轻地叫了声服务员，然后只给女孩点了一份烧烤。他说他不饿，也不喜欢吃这种东西。虽然这么说，我们却看出来了，男孩是个穷小子。这更加剧了我那几个哥们儿发牢骚的频率。

“真是没处讲理了，这不是一朵鲜花插在……”几个坏家伙对望了一下，肆无忌惮地哈哈大笑起来。

那个男孩似乎也感觉到了我们在谈论他，却没有半点惶惑，不卑不亢，只管美滋滋地看着对面这个美丽的女孩，似乎他的眼里，只有她，她是他的整个世界。

天空忽然就打起了雷，紧接着狂风大作。毫无征兆的雨，就这样没头没脑地倾泻下来。

朋友家搭的棚子用的是旧苫布，所以很多地方都漏雨。我们赶紧用各种能用的东西把桌子上的吃食给盖了起来，等着雨停的时候接着豪饮。再看里面那一对恋爱中的男孩女孩，静静地，一点不显得慌乱。女孩躲到男孩的怀里，男孩不停地用餐巾纸蘸着他们头顶上正欲滴下的水珠儿，从始至终，女孩的身上没有被溅上一滴水。她的脸上始终漾着幸福的微笑，享受着男孩细心的关爱。

而那个男孩，就那样把女孩的整个生命捧在手心。

忽然就想到林慧萍唱的一首歌《爱难求》："昨夜梦中，你我白头，浅浅依偎但话不多，这就是我所梦寐以求最平凡的生活……清晨风中，邻居门口，出门男人向窗内挥手，看在眼中，我莫名感动，希望窗内是我……我宁愿做一个世界上最平凡却踏实生活的女人，用真实的爱证明自己的存在，在被爱中直到发白。"

那一瞬间，我们都变得哑口无言，不约而同地望着他们，忽然觉得他俩是天底下最般配的一对恋人。

最灿烂的世界

在马老大死去的前一天，曾向我要一根红粉笔，我没给他。为这件事，我后悔了很长一段时间。

马老大一辈子孤身一人，在粮库几乎扛了一辈子麻袋。等他年纪大了，库里领导考虑他无人照顾，就让他到水房烧水，供他吃住，也算是安享晚年了。

他不愿说话，所以很少有人知道他的过去。他每天机械般地做事，再无一点声响。他像一块灰色的布，毫无生气，黯淡无光，让人感觉他仿佛就住在死亡的隔壁，时刻听得见死亡的鼾声。他大字不识一个，一辈子没沾过女人的边，除了喝酒之外再无任何嗜好。他的生命中没有年、月、日，没有“滴答”作响的时间，所有的日子都像一块一块灰色的补丁缝补出的一件外套，他穿着它，走过一生。

在一面墙上画画，大概是马老大唯一的乐趣了。每天吃过晚饭，他都会在那面墙上精心地涂抹。没有粉笔，他就用烧过的炭灰，日复一日，乐此不疲。他用他自己的方式记录着生活，虽然整面墙都是灰色的，但画面的内容却是鲜活而真实的，仿佛一幅幅温馨的田园风光：房子、篱笆和袅袅炊烟，土地、天空和小桥流水；晒太阳的猫、啃骨头的狗、下蛋的鸡、戏水的鸭；一对亲亲热热的小夫妻，手拉着手，一双精神抖擞的老两口，扭着秧歌；赶着毛驴车到处叫卖的货郎，骑在牛背上吹笛子的牧童；扛着柴火回家的汉子，坐在炕上低头纳鞋底的妇人……

无病无灾的一个人就这样去了，多少有些意外，况且他昨天还向我要过一根红粉笔，他到底要用它做什么呢？

当我再次站到那面墙的前面时，终于找到了答案。我在整面灰暗的墙上找到了唯一鲜艳的红色：一个女人的红盖头！

画面上一个男人背着新娘过一座独木桥，那个新娘的盖头红得让人心惊！听同事们说，有人看见他昨天喝醉了酒，咬破了自己的手指，用血涂红了那个红盖头。

我后悔没能早一点将彩色的粉笔给他，那样，他墙上的画一定会是春意盎然、多姿多彩的，他的心或许也会跟着多出一道彩虹，多出几声鸟鸣的。而我却如此吝啬，没能把生命中那些艳丽的色彩传递给他，哪怕只是一点点。

我想起去年结婚的时候，他硬是凑够了100元钱给我随了份礼，然后把他自己认为最干净的衣服套上，等着我领他去吃喜宴。我却没领他去，嫌他的脏会影响客人们的食欲，只是草草地端了几盘菜，拿到水房给他吃。他一边喝着我的喜酒，一边“嘿嘿”地憨笑着说：“俺只想看看新娘子长啥样……”

上个礼拜天，好像是他生命中极为特别的日子，他特意炒了几个小菜，买了两瓶酒，邀我跟他喝两盅，因为我是单位里唯一一个肯和他说话聊天的人。那天夜里，他贪喝了两杯，醉倒后含混不清地念叨着一个人的名字，还从最贴心的口袋里掏出一个红纱巾来，并对着它老泪纵横。那纱巾的红色，已经被岁月褪去了鲜艳，淡淡的只剩怀念。

这可是件稀罕事，我一把将它抢到手里，高扬着取笑他这么一大把年纪了还想着“彩旗飘飘”。他不停地哀求我把纱巾还给他，而我却像发现了重大秘密一样，越发得意起来。用一根长长的竹竿把纱巾挑挂到他门前的树上，强迫他“从实招来”，否则，我会让所有人都知道这个秘密。马老大支支吾吾了半天也没说出什么，那条纱巾也不知被哪一阵风吹得没了影踪。

马老大入殓当天，听他的一个同乡说，年轻的时候他曾经有过一个恋人，可是就在他们要成亲的前一天晚上，那个女人在过独木桥的时候，不小心跌进河里，被汹涌的河流冲走了，等他赶到的时候，只在岸边找到她的一条红纱巾。从此，这条红纱巾就成了他心中永远也无法抚平的伤口，鲜艳地、醒目地日日开放着，一刻也不曾凋残。

我深深地自责起来，没想到这条红纱巾竟然浸染着那么多的血泪，没想到一个苍白灰暗的生命竟然蕴藏着如此强烈而又炙热的情感。他用伤心做酒花，用回忆发酵，在心底默默地酿着生命的酒，尽管那杯酒很苦，但回味绵长，无际无涯。

或许是他预感到自己离大去之日已不远，在临终的时候，才尽力把自己新娘的红盖头涂得红红的吧。人们只知道他是灰色的，其实，他的心里有个最灿烂的世界，那里，炊烟袅袅，那里，霞光满天。

我买了一条红得耀眼的红纱巾放到他的墓前，算是弥补一下自己的愧疚之心吧。风吹着，红纱巾像一捧烧得正旺的火，烘着我羞愧的灵魂。

单位要粉刷墙壁，在粉刷那面墙之前，我用五颜六色的粉笔将它们上下涂抹，整个“田园”顿时生机盎然起来：春光明媚，姹紫嫣红。那个用血涂染过的红纱巾已变成黑紫色，却依然那样耀眼，在阳光下释放着醒目的哀伤。这便是马老大眼中的世界，他用自己的方式拨弄着阳光的琴弦，弹奏出五光十色的生命之音。画面上的人仿佛静静地走下来，就围绕在我的身边，与我倾吐久违的乡音。我坐下来，静静地欣赏，我知道，我已经把它们保存了下来。我放心地往墙上倾倒大桶的涂料，洁白开始铺展，一切都消失了，像那个在灰暗中蕴藏着烂漫的生命的消失。

唯有那爱，唯有那醒目的红，唯有那前世今生的记忆，永不褪色，永不会消失。

离星星最近的地方

唐山大地震的时候，有这样令人终生难忘的一幕：一个救援者刚一进唐山市，就看到一个女人在向他招手求救。他立刻跳下车跑去，到跟前才看清她早已死了，而且是裸着身子死去的。她那黝黑的长发在风中恣意飘扬；白白的皮肤细腻而闪着光亮；两个粉红色的乳房丰满挺拔……救援者看到一块水泥板压住她的后腰，才明白她为何一动不动，推断她睡觉时没有穿睡衣，地震时惊慌失措，跑到阳台上时被压在那里，成了美的标本。

志愿者含着热泪拍了一张照片，不假思索地就给她取了这样一个标题：唐山的维纳斯在风中叹息。

朋友出车祸离开我们的时候，我们去了他的家，看到他的母亲，不知道该怎样安慰。巨大的悲痛弥散在屋子里，让人不堪重负。“去吧，那里是离星星最近的地方。”朋友母亲的话很轻，却让我们的灵魂震颤不已，那是豁达的老人对悲苦命运最有力的挑战。

我家里的墙上有两张照片：一张是祖母的，满脸皱纹，像她沟沟坎坎的人生；一张是曾祖母的，曾祖母死时不到三十岁，还是年轻靓丽的时候，她的生命定格了。

曾祖母比祖母年轻。

近日看到这样一个小故事：一个男人被恶疾纠缠多年后，终于撇下年轻的妻子撒手离去。临终前，妻子安静地坐在床边，捧着他的手轻轻吻着。他忽然哭了起来，整个身体都跟着痛苦地抽搐。他已不能说话，眼泪成了他所有情感的唯一表达。妻子忍着泪，轻抚着他的胸口，伏在他耳边轻轻地说了句“路上小心，早点儿回家。”他紧锁的双眉忽然就舒展开了，一抹温柔的笑意无声地漾起在唇边。他安然离开了。

“路上小心，早点儿回家。”妻子这句平日里常说的话给了他一个人上路的勇气。让他觉得，这次奔赴天堂，不过是他走的另一条路而已，不管多远，家都在身后温暖着他，等待着他。

史铁生说：“一个人出生了，这就不再是一个可以辩论的问题，而只是上帝交给他的一个事实。上帝在交给我们这个事实的时候，就已经顺便保证了它的结果，所以死是一件不必急于求成的事，死是一个必然会降临的节日。”

在生活中，经常体会那种亲人们猝然离去的悲伤，死亡就在我们身边，无时无刻不在觊觎、威胁着我们的生命。生命中有太多这样哀伤的碎片，但我们不能因为这些碎片，就不去生活了，生活总还是要继续的。

你听，有多少人在讲起他们的人生故事，可听得出，是那裹挟着一世沧桑的心，在流露着他们对生命无尽的眷恋和感恩?

第三辑　雪花，我要带你回家

如果把城市里的人心放在一起，就是一个一个的蜗牛，每个人都在精心营造自己封闭的小壳，虽然多数人的小心和谨慎只是出于保护自己，并没有恶意。只是打开一扇窗，可能遇到风雨，也可能看到彩虹——相信世界有爱，大方接纳陌生人的善意。如果风雨可以承受，为什么我们要放弃彩虹？

——《37度拥抱》

善良很小，却是一盏灯

一连好几天，父亲下班回来，都是闷闷不乐的样子。母亲问缘由，父亲说同事的母亲病了，同事是个孝子，他看不下去同事哀伤的样子，就跟着难过。还有一次，父亲长吁短叹，原来是邻居家刚刚下岗的男人把三轮车开翻了，压断了腿，使原本就很贫寒的生活雪上加霜。“唉，这老天怎么总是跟你们过不去呢？希望他能快点好起来吧！”父亲拿了二百元钱给他的妻子，尽管杯水车薪，总能让逆境中的人暖暖心。

把别人的忧愁当成自己的忧愁，这是因为一个“善”字在心底亮着。父亲的这些举动让我想到了夏丏尊先生。丰子恺在写到夏丏尊的时候说：“凡熟识夏先生的人，没有一个不晓得夏先生是多忧善愁的人。他看见世间一切不快、不安、不真、不善、不美的状态，都要皱眉、叹气。朋友中有人病了，夏先生就皱着眉头替他担忧；有人失业了，夏先生又皱着眉头替他着急；有人吵架了，有人吃醉了，甚至朋友的太太将要生产了，小孩子跌跤了……夏先生都要皱着眉头替他们忧愁。学校的问题，公司的问题，别人当作例行的公事处理，夏先生却当作自家的问题，真心地担忧。国家的事，世界的事，别人当作历史小说看的，在夏先生都是切身的问题，真心地忧愁、皱眉、叹气。”

这些为他人忧心的善念使夏丏尊先生的心始终是潮润的，以至于他在翻译《爱的教育》时，一边翻译一边流泪。

一个人在暗夜里常常思考的是，生命中最珍贵的品质是什么？我认为是善良。有爱心的人是这个世界上最可爱的人，他们时刻指引着我们，朝着幸福的城堡进发。对于无家可归的人，一场雪是疼痛的，对于有家的人来说，那些疼痛就变成了幸福的地毯。我亲眼看到两个无家可归的孩子，在火车站的空地上堆了两个大大的雪人，一个是爸爸，一个是妈妈。他们的脸冻得通红，却不肯离开“爸爸妈妈”半步，就那样在雪地里痛并快乐着。我无法熟视无睹，我从即将开动的火车上跳将下去。“我忘了我的行囊”，这当然是一个对列车员说的非常蹩脚的谎言，然而对于一个被唤醒了良心的人来说，这个谎言价值连城。当每个人都为自己的灵魂裹上这样一副行囊，人世间该是多么温暖的天堂！

遇到歹徒行凶时你不敢出手相救，那是你的懦弱，这只能说明你不勇敢，不代表你不善良。那个时候，善良被懦弱紧紧地压在下面，翻不过身来。你的同行们没有理由埋怨你，因为他们把头埋得比你还深。在平静而有序的生活中，人们并不需要有人告诉他该怎么生活，往哪走。但在形势险恶、人们惊慌失措时，却十分需要有一盏指路明灯。那时候，一双紧握的拳头，或者一双嫉恶如仇的眼睛，都可以把忐忑不安的人们凝聚到一起，吓退邪恶。每一个人都可以是英雄，只要你把心底那盏小小的善的灯慢慢放大，你便会毫不畏惧。

更多的时候，善良很小，掀开别人的伤口时，你没有幸灾乐祸，你就是善良的；路经别人的苦难时，哪怕一次皱眉，哪怕一声叹息，也都是你的善良。

善良很小，却是一盏灯。它那微弱但生生不息的光焰，可以在满世界游走。

雪花，
我要带你回家

那是足可以覆盖我生命的一场美丽的雪。

在这之前，我是怨它的，因为它把我隔在远远的城市，而这天正好是大年三十。

“如果再不通车，就不能回家和父母妻儿一起守夜，一起听新年的钟声了。”我心急如焚，不停地向站里的工作人员打听，可是广播里迟迟没有关于通车的消息。我无可奈何地望着窗外，禁不住生起雪花们的气了。在这之前，我是多么喜欢这些六角形的钥匙，它们曾经开启了我封锁了整整一冬的心事。它们一路歌唱着洒下激情，争着抢着在大地上印下邮戳，它们是那样急不可耐地想让尘世的心都听见它们这些顽皮的小天使们在说：“我来了！我来了！”

无数或忧郁或快乐的碎屑组合着世界，那么多的雪花正在编织一张巨大的幸福的地毯。如果不是它们阻挡了我回家的路，真想在上面打几个滚儿，再把灵魂抛进雪里美美地撒几个欢儿。可是现在，它们却给我徒增了许多烦恼。

在候车室里，我看见两个衣衫褴褛的孩子，像是兄妹俩。妹妹躺在冰凉的长椅上，哥哥为她盖上一件破旧的大衣，然后变戏法一样地从兜里掏出一小截火腿肠和一个破了皮的茶蛋，在妹妹眼前得意地一晃说，“快吃吧，吃了就不饿了。”

他看着妹妹狼吞虎咽地吃着，自己却不停地咽着口水。妹妹忽然哭了起来，问哥哥：“妈妈说爸爸冷，去陪他了，天堂真的很冷吗？”

“不冷，不冷，爸爸妈妈现在在一起了，他们一定很快乐。”

“我想爸爸妈妈了！”

我的心紧了一下，这是两颗幼小的受了伤的心灵，我仿佛看见了他们滴着血的心。

哥哥拉起妹妹，跑到候车室后面的一块空地上，我看见哥哥用双手一点点地堆积着雪，妹妹在旁边拍着手笑。不一会儿，他们就堆出了两个大大的雪人。哥哥指着那个高高大大的雪人对妹妹说那是爸爸，又指着另一个说那是妈妈。

我感到一瓣雪花敷在了孩子的伤口上，为他们止痛，同时另一瓣雪花压在我的灵魂上，让我喘息不止。

“爸爸妈妈可以陪我们过年喽！”两个孩子欢呼着，围着两个雪人又蹦又跳。他们的小脸冻得又红又肿，可是依然舍不得离开。妹妹在“妈妈”的头上插了一朵情人们遗弃的玫瑰，哥哥给“爸爸”点了一支半截的烟。他们快乐地守着“爸爸”和“妈妈”一起过年，忘记了饥饿和寒冷。

我的眼睛被泪水遮住，这眼前飘飞的哪里还是什么雪花，铺下的哪里还是什么幸福的地毯，这分明是谁把幸福撕碎了，洒满天空。孩子们却用这些疼痛的碎片堆出了他们心中幸福完整的世界：一个爸爸，一个妈妈。

我忍不住跑了过去，紧紧捂住他们红肿的小手。他们惶恐地望着我，使劲儿挣脱了双手，跑回了候车室。

我想我是吓着他们了。我跑进车站旁边的饭店，买了一只又肥又大的烤鸡，偷偷放到雪人的怀里。

不一会儿，两个孩子又来看“爸爸”“妈妈”了，他们惊奇地发现了那个“新年礼物”。

“太好喽！爸爸妈妈给我们带好吃的来了！”他们高兴得手舞足蹈，幸福地啃起了鸡腿。

广播里终于传来了通车的消息，惹来人群中一片欢呼。透过车窗，仍能隐隐约约看见那两个孩子守着雪人做着美丽的梦。那梦中一定有妈妈的摇篮曲，有爸爸的故事，有漂亮的衣服，有数不清的玩具，有学校，有同学，有童话的森林，有王子和公主的宫殿……

可是雪终究会化的，雪融化了该怎么办？孩子的梦醒了该怎么办？

火车已经徐徐开动了，可是我总觉得丢下了什么，仿佛一颗心没有带回来。我的前面是春天，可我的心却停留在身后的冬天里，怎么拽也拽不回来。既然我感知了他们内心世界的寒冷，我就有义务为他们带去春天，而不仅仅是一只烧鸡的怜悯。

“我要领他们回家！”我为自己突然做出的决定激动着。就在乘务员即将关上车门的刹那间，我箭一样地飞出火车。乘务员一脸茫然，诧异地望着我。我仿佛是要给她一个解释，又仿佛是在跟自己的灵魂喃喃低语：我忘了带行李。

是啊，我真的差点儿将生命中最珍贵的行囊丢失！

把眼泪和风串到一起

我愿意把眼泪和风串到一起，做一串告别青春的风铃。

绿色还在，而绿意远了；燕巢还在，而燕子远了；竖琴还在，而琴声远了；昨日触手微温的酒杯还在，而朋友却已在千山之外。

风比昨天更像一只手掌，轻轻抚过所有亲人的脸，接住那些泪滴，不让它们摔疼了。

一个接一个飞走的明天，就像烤熟的鸭子，逗引出我们的涎水，却又无法让我们吃到嘴里。在时光的滑梯上，你且站稳。四个永远跑不到一块儿的季节，分别从你的口袋里，偷走了你不一样的光阴。

那些青春里的小悲伤啊，宛如时光长河里的一粒粒小蝌蚪，游成一排，串成音符，整齐划一地唱着成长的疼痛的歌谣。

无意间，你看到镜子里的自己，如同一棵向日葵，饱满的脸上，开始结满爱情的籽。

夜深的时候，一个正在读大学的网友在线上给我留言，他说他现在很矛盾。他暗自喜欢的一个女同学却喜欢上了别的男孩子，问我，该何去何从？

他说他是个坚强的人，永远不会在女孩子面前流眼泪，即便流，也是在心底默默地流。而那个男孩却完全相反，总是在女孩子面前掉眼泪，他想不明白，为什么女孩子会喜欢那样软弱的一个男孩子呢？

我告诉他，女孩子有时候是心疼流眼泪的男孩的，因为她们心底有母性。她是一个被眼泪俘虏了的女孩。但是怜悯拯救不了一个男人，只会让他更加可怜。年轻的爱，有时是很软弱的。你看那一丝细叶，承不住一滴晨露；你看那一朵只开几天的玫瑰，代表不了心的永不辜负。一个小小而单薄的生命，又能担起怎样的现实和深刻？

我告诉他，如果，你喜欢的人不喜欢你，那么就算全世界的人都喜欢你，你还是觉得很孤独吧。那么，就用你自己的方式去爱她吧。爱情毕竟不是简单的情爱，有时候，大胆和开放并不是获取爱情的唯一方式。相反，含蓄和委婉，恰恰是美好爱情最好的注释。

敞开胸怀去爱吧，不要计较那么多。被一个人爱是幸福的，爱一个人也是幸福的。这份爱或许并不需要一个结果，被感动的，是爱与被爱的过程。当岁月划过脸上的皱纹，我们或许会忘记那个人的脸庞，会忘记那个人的声音，甚至会忘记那个人的名字。唯一丢弃不掉的，是那份曾经爱过的心，和那份年少时的悸动。

想起年少时光，每次回家都要经过一个小巷子，碰上下雨天，道儿就很难走。有一段坑坑洼洼的地方就会蓄满水，如果走着过来就会把鞋泡湿。我对坐在我后座上的女友喊道："坐好啦，要加速啦。"说着，我就如离弦的箭一般冲了出去。我真佩服自己在爱情中爆发出的力量，再回头一看，后座空空，女友被甩落在泥水洼里，正在那里笑得前仰后合呢！

如此辛酸，如此尴尬，却没有一丝怨怼，这是青春里的宽容。

我们坚持的爱情信条是，笑比哭好。我们无数次地分手，又无数次地和好如初，每一次分手都以零星的眼泪开始，又以纷繁的笑声做结。

无数次的背靠背，无数次的手拉手，最终造就了我们爱情的坚韧不拔。

年轻的爱情总是这样免不了太多的争吵，就像两块棱角分明的石子，互相爱着，却又彼此伤害，时间久了，他和她才能在婚姻的蚌里磨砺出爱的珍珠。青春的爱情之绳是尼龙绳，几次眼泪的浸泡，几番阳光的风化，就会令它折断。慢慢地，青春消逝，我们也就会将之扔掉。中年人的爱情就变成了结实一些的麻绳，再后来，老年人相互依赖着的爱情，就成了牢不可断的钢丝绳。

青春就是疯狂地奔跑，华丽地跌倒。跌过多少跤都不会太过伤感，因为我们还有可以挥霍的青春，还有足够的时间，可以从容地在生活的稿纸上，遣词造句。悲剧常常让人感动，泪水是神赐给人的礼物，落下的每一滴都该有它的理由。

而爱，更是一种古老的智慧。

那个夜里，我告诉那个伤感的男孩儿，去吧，找一个呼啸的风口，把你的眼泪流出来，把你的疼痛释放，把你的眼泪和风串到一起。

把眼泪和风串到一起，眼泪会慢慢风干，风会很快将你的心治愈，给你的心腾出一棵树成长的空间，腾出一只鸟欢唱的时光。

病入膏肓的灵魂，请对号入座

一提到假币制造者，我的一位同事就会怒发冲冠，不停地叫骂，并不厌其烦地逢人便讲他花了七次才花出去的一张面值10元钱假币的经过，到了关键处，他还故意吊我们胃口，“现在的人都精，可那天卖樱桃的老婆子就没看出来，你们猜为什么？”我们不愿为这种给弱智儿童猜的问题多加思索，可是他的结果真的是很出乎我们意料，他得意地说：“因为那老婆子是个瞎子。”

在那个盲人面前，他的灵魂也失明了。

看过一则短新闻，说两名男子为了不给孕妇让座，竟然在公交车上掏出身份证比年龄，谁岁数小谁给让座。最后，三十五岁的李先生因为比对方小三岁，成了“失败者”。

三十八岁和三十五岁，还算年轻，但是他们的灵魂已经衰老。

几个住户因为小狗在半夜吠叫，吵了他们的美梦，就用汽油将两只小狗活活烧死。母狗就蹲在他家门口守着，一动不动，两只布满血丝的眼睛就盯着楼梯口看，它是认得人的，我想它是在时刻准备复仇吧。

不敢想象，两只小狗在被烧死的过程中，会发出多么撕心裂肺的惨叫。每一声惨叫，都如同在抽着小狗母亲的筋，拔着小狗母亲的骨，而这惨叫声，又会惊醒多少人的良心?

多少灵魂置若罔闻，仍旧酣睡不醒。

每天去公园散步，锻炼身体，也会愉悦心灵，然而公园里并非都是美景。喝得东倒西歪的人，不顾廉耻，对着一面墙或者一棵树就开始释放尿酸，嘴里竟然还哼着歌儿。我替那歌儿难过，一首动听的歌儿，在一个随意小便的醉鬼嘴里哼出来，那首歌便遭了难，音符被绑架、被亵渎。放生者在这边大量放生，贪婪的人在那边不停地捕捞。这些苦命的水族，刚刚看到一丝活的希望，随即又被卷入死亡的网中……

公园修建得漂亮而干净，可是有些路过那里的灵魂，却携带着龌龊的菌。

迟子建在她的小说《世界上所有的夜晚》中描述过一种“嫁死”的女人，读来令人脊背发凉。

那种女人专门找矿区里下井的矿工做丈夫，然后盼着矿上发生事故，盼着丈夫死掉，这样，她们就可以得到足够她们受用一生的赔偿金。这的确是个发财致富的好门路，有些女人为了让丈夫早日“出事”，大清早就给他们做了满桌子鱼肉，让丈夫喝个烂醉，用以增加发生事故的概率。

丈夫还没有死，可那些女人的灵魂却已早早腐烂。

同事的父亲去世了，众人皆哀的时候，我们却照常搓起了麻将，照样把脸喝得像猴子屁股。我们竟然在哀乐中跳起了舞蹈！再没有更好的悼念形式了，死亡已不足以让人流泪。一颗心就这样渐渐冷了、硬了，最后冷成了冰块，硬成了石头。

病入膏肓的灵魂拒绝就医，不信医生信神灵，一边祈祷着自己长寿，一边惴惴不安地计较着、等待着，非要备一具上等棺木不可。

难道，这些就是让眼泪搁浅的世道吗?

最近的梦里，总是莫名其妙地听到列车员在广播里喊着：“本次列车的终点站——炼狱，上车的旅客请随身携带好您的灵魂。”

在梦里看见疾驰的列车载着那些病入膏肓的灵魂，呼啦啦地奔向炼狱之门，那里是医治灵魂最好的诊所。

别挤，病入膏肓的灵魂，请你们对号入座。

谁是你的公主

她是男孩心中的公主，从小学到初中，从初中到高中，从高中到大学，甚至人到中年。

为了她，他拼命地学习。他想让自己变得优秀，让她对他“另眼相看”，可是她却一直那样高傲，不肯多看他一眼。

他们甚至没有说过一句话，可是她在他心中泛起的波澜，却是排山倒海般的。他暗暗发誓，一定要做一个成功的出色的人，一定要向她表达爱意。

或许真的是她给他的动力吧，大学毕业后，他拼命地工作，果然取得了不菲的业绩。现在，他在一家规模很大的外企做部门主管，令很多人艳羡不已。

年岁大了，他渐渐忘却了那个一直萦绕于心的公主。他想，那毕竟是不该属于他的吧，他甚至失去了她的联系方式。他把他暗恋她的这一切都当成了青春的一场寂寞的梦，美丽却虚空。终要回到现实中来，他的情感也需要人间烟火，经人介绍，他认识了现在的妻子，他们一见钟情，结了婚，生了子，内心渐渐平静下来。

直到他们同学聚会，他看到了十多年没见到的她，依然那般美丽高贵。她现在在一个大城市，做贵妇人，本来就很高贵冷傲的气质，现在变得更让人无法接近了。

他的心跳加快，眼睛甚至不敢看她。她倒是很大方地过来和他打招呼：“这不是当年我们班的大才子吗？怎么，不认识我了？”

“怎么会呢，呵呵，你是我，不不不，是我们的公主啊。”他有点语无伦次了。

“真的吗？”她妩媚地笑着。

那天，他有点意乱情迷，眼睛不自觉地总要往她那个方向看。

因为同城的人比较多，所以大多数都带了家属来，他也带着妻子。如果她没有出现的话，他认为自己的妻子还是不错的，样貌和才学也都拿得出手。可是她来了，妻子在她面前，一下子就黯淡了很多，因为她实在太美了，连女人都忍不住对她啧啧赞叹。

吃过饭，大家提议去歌厅唱歌。出门的时候，碰到一个上了年纪的乞丐上来乞讨，他的“公主”照旧挺着高傲的胸脯，像没有看到一样走了过去。有人跟着应和，说现在的乞丐假的多，不要浪费那份怜悯之心。他正犹疑着，妻子跑过来，着急忙慌地从兜里掏出些零钱，毫不犹豫地给了那个乞丐。

或许是“公主”真的过于高傲吧，有点显得不大“合群”，自己一个人在最前面走着。妻子说：“她一个人从外地回来的，不能冷落了人家，我去陪她，你自己在后面走吧。”说着快步撵上了前面的“公主”，挽着她的胳膊，一起有说有笑地向歌厅走去。

妻子很矮，刚到“公主”的脖子那儿，身材也有些发胖，两个人走在一起很不协调，可是不知道为什么，他忽然觉得妻子是最美丽的，这么多年，真正的“公主”就在自己身边，而他却浑然不觉。

他的脚步一下子变得轻快了，心里美滋滋的，仿佛捡到了宝贝似的。

37度拥抱

大学毕业那年，一群人怀揣着梦想，踏上了从东北到广州的火车，按照计划，火车到站后，可以不用出站，坐最后一班从广州到深圳的列车到目的地。很遗憾的是，火车晚点了三个小时，计划被打乱，很显然需要在广州过夜。都是一群刚出校门的孩子，谁也拿不出个可行的方案。当大家吵吵嚷嚷的时候，旁边有个大姐说：“广州站挺乱的，你们不要随便乱找酒店了，这样吧，你们和我一起下车，我爱人接我，到时候问下他。”因为一个陌生大姐的一句话，这个被认为是走出校门碰到的第一个问题被解决了。下车的时候，大姐的爱人来接她。大姐把我们情况说了一下，他爱人打了几个电话，然后用他自己的车，分三趟把我们送到了离车站不远的一家旅店，并交代旅店老板，我们是他朋友要关照一下。那是一家干净而且很便宜的旅店，那晚我们睡得很香。后来，去广州出差的时候偶然会给那位大姐打个电话，见了面，也会有一个满满的拥抱，舒适的、惬意的、37度的拥抱。

去年秋天的一个下午，我骑着自行车急匆匆回家，突然发现手机不见了，急忙掉转车头返回寻找，走了很长一段路，看到一个推着脚踏三轮车的老人向我打招呼。我来到他的面前，他递过手机，带着责怪的语气大声说：“刚才叫你也没听见，都等你半天了，以后小心啊。”

前几天，粗心的我又一次把手机滑落了，回到家发现手机已关机，我是那样的焦急和沮丧。虽然手机已经不再时尚，功能也落后了，可是它四年来日日夜夜伴随着我，已成为我生活中不可缺少的一部分。它与我一起度过那些悲伤的、快乐的、成功的、失败的日子。它的每一个按键，每一步操作，我是多么熟悉，我很喜欢握着它在手中的那种踏实的感觉，不禁为自己一时的疏忽懊悔不已。我不敢想象就这样失去它了。女儿安慰我：“爸爸，这一次你的运气恐怕没上次好了，再买一个新的吧。”我只是默然。然而当我怀着忐忑的心再次拨出我自己的号码时，手机意外地接通了，传来一个陌生女孩子甜美的声音：“请问这是你的手机吗……”好运再次降临，生活让我又一次感受到了陌生人带给我的温暖。

37度是人体正常的体温，也是心灵的温度。王菲说：“我只爱陌生人，我的爱比脸色还单纯，比宠物还天真。”这个年代的陌生人，有时是擦肩而过的人，有时是见了千面万面的人。陌生人与陌生人之间，就像两只长满刺的刺猬，分开怕寒冷，拥抱怕疼痛……所以，就都披了一层厚厚的防伤害盔甲。

城市的钢筋丛林里，心灵的体温，约等于一个陌生的笑脸，一句陌生的问候。是不是陌生人并不重要，重要的是做一个有魅力的人。谁会拒绝善意的笑脸呢？这一分钟，我和你在一起，就应该有相拥的温暖。

如果把城市里的人心放在一起，就是一个一个的蜗牛，每个人都在精心营造自己封闭的小壳，虽然多数人的小心和谨慎只是出于保护自己，并没有恶意。只是打开一扇窗，可能遇到风雨，也可能看到彩虹——相信世界有爱，大方接纳陌生人的善意。如果风雨可以承受，为什么我们要放弃彩虹？

逃跑的森林

一棵树在奔跑，因为一把斧子的追赶。

一片树林在奔跑，因为两把斧子的追赶。

一座森林在奔跑，因为一群斧子的追赶。

可是森林能逃到哪里去呢？

伊索寓言里有一个关于树和斧子的故事：

一个人来到森林里，请求树给他一根树枝做斧子柄。树答应了他的请求，给他一根小树枝。他用小树枝做成了斧子柄，完好地装在斧子上，接着抡起斧子砍起树来。他很快就砍倒了森林中最贵重的大树。一棵老橡树悲伤地看着同伴被砍毁，无能为力，他对身旁的柏树说："我们是自己先葬送了自己。如果我们不给他那根小树枝，他就无法砍伐我们，也许我们能永久地站立在这里。"

树木用它们的慈悲换来了人类的残忍。

鸟们纷纷逃离，为找寻它们的天堂不忍收起翅膀，做一刻的歇息。

作为护林员的父亲一辈子疼惜树木，他常常在林子里字正腔圆地唱他的京剧，常常偎依着树木来上一觉，醒来后习惯地拍拍粗壮的树干，那样子好像在说：“嘿，谢谢了！”

父亲叮嘱我说，“无论我们怎样寒冷，也不能砍倒一棵树来取暖。”

可是怎么办呢？离开父亲之后，我在遥远的城市里渐渐养成了奢侈的习惯，对灯红酒绿无限向往，对纸醉金迷趋之若鹜。我喜欢盖着厚被，把空调温度开到最低。我有洁癖，上一趟厕所要用一卷卫生纸。我吃饭爱讲排场，一顿饭不剩下一半倒掉心里就不舒服。我穿衣爱赶时髦，家里有五个衣柜还放不下。我腿脚犯懒，500米的路程也要坐车。

有统计数字显示，占世界人口5％的美国人，消耗的能源几乎占世界的20％到25％，也就是说，按照美国人的消费水平，全世界能源只能满足10亿人的需要，但全世界有65亿人口，那么55亿人口都得饿死！但美国人显然不愿意减少自己的能源消耗，降低自己的生活水平，也不愿意理解他们的富裕生活造成了第三世界每年1400万儿童的死亡。

这个世界总有一些不在我们视野中的贫困者和流浪者，他们食不果腹、衣不蔽体，可是有人吃着黄金宴、果子狸和人体盛，那个时候，世界是冰冷的。这冷沿着蜿蜒的伤口像蛇一样爬行，先冻结皮肉再咀嚼骨头。

高楼已高过世上任何一种植物，人们攀着它金属的茎叶在空中栖息。那寒冷的世界，把所有的梦想都僵硬成标本。

弘一大师过午不食，一条毛巾又黑又破还不扔，因为牙刷是用猪鬃做的，就改用一根小树枝代替。

弘一大师的简约无人能及，其实浮华的人生来源于浮华的内心，能做到像弘一大师那样保持内心平静的人是幸福的。也正因为如此，我才在离开父亲的第十一年里重新记起了他的话：无论我们怎样寒冷，也不能砍倒一棵树来取暖。

看过一幅油画，《地球上的最后一位画家》，画面上一位画家在黄昏里精心地描绘着这个世界，可那是个什么样的世界啊！满目荒凉，沙漠纵横，画家在他的画板上只能画出一块块石头和他自己瘦削的背影。这是谁惹的祸？当然是人类自己。人纵容着自己手中欲望的斧头，纵容着一枚枚霸权的炮弹肆意蹂躏母亲的身躯。那个画家大概是想为后世留下点什么吧，劝诫或者警告，可是他已无力拯救。

世界上原有500万到800万种植物，至今已有160万种被识别出来，但也有许多植物在未被发现之前就已灭绝了。地球上的热带雨林被人类疯狂地砍伐，一方面是为了开垦牧场，另一方面是使用木材制作家具。雨林在以每小时24平方公里的速度被毁灭。每小时24平方公里，多么庞大的数字，照这个速度继续下去，到2050年，热带雨林将会全部消失！

那时，我们看到的将是一个遍体鳞伤的地球。

记得20世纪80年代初期，《参考消息》刊登了一条消息，说是中国驻北欧的一家使馆，为了少砍一棵树，不得不修改了图纸。由此可见，那棵树该有多珍贵。而我们竟然轻易砍掉了那么多树，思量起来，真让人痛心疾首。

终于，像是在久阴不晴的时节忽然看到蛋黄般的太阳一样，在一个早间的新闻中听到：北京各大饭店宾馆取消了包括筷子、牙刷、包装袋等一次性消费品，取而代之的是各种可以再生利用的有利于环保的“绿色物品”，“绿色消费”的观念正在人们脑海中形成。那是我在很长一段时间以来所听到的最好的消息，像一粒止痛片，止住了我长久以来的牙疼。

我庆幸，父亲终生护卫的那片林子，没有跑出我的心灵，反而在那里根深蒂固，渐渐茂盛成一片森林。

鸟们逃离了森林，生生不息地找寻着它们的天堂，其实它们真正要回到的天堂只有一个：人类不再贪婪的心灵。

离春天一步之遥

我刻意经过那个邮局门前，只为了看一眼那个奄奄一息的老人。听人说，他的脚腐烂了，连骨头都露在外面。我没敢走近跟前，只是远远地望着，我怕那些脏物会将我的慈悲赶跑，连同我的怜悯，一道落荒而逃。

他在那里一动不动，盖着一件破衣裳，如同死去一般。

那里有两个绿色的邮筒，被雕刻成天使的模样，装了翅膀，仿佛随时可以离地高飞。一封封信安静地躺在里面，如同躺着很多颗心：少年相思的心，少女怀春的心，慈母念儿的心，游子思乡的心……天使会带着这些心飞到它们想去的地方，不管春夏秋冬。

过了很久，我听到一声轻微的咳嗽，是他发出的，仿佛死亡的门偷偷留下的一个缝隙，让这属于生命的咳嗽声响亮起来。那个早晨的阳光灿烂无比，暖暖地照着他，似乎令他感到了生命中尚存的一缕温柔。他微微欠起身子，竟然望着太阳咧开嘴笑了。纷纷扰扰的行人在他身边不停地穿梭行走，一些人停留驻足，摇摇头，甩下一声叹息又匆匆走掉，转过头去，阳光依旧荡漾在脸上。

令人感到不解的是，这样一个已完全丧失行走能力的老人，却在身边整整齐齐地放着一捆行李，而且是极其干净的。他无法行走，只有靠路人的施舍来延续自己的生命，死神像风一样随时都可以将这根老迈的蜡烛吹灭。夜深的时候，凉意像歹徒的刀一样贴紧肌肤的时候，他却依然舍不得铺开那套干净的行李，用它御寒。

我想，一定有一个绿色的希望在老人的心里生长着。或许他依然梦想着奇迹的发生，希望有一天自己能站起来，用这崭新的行囊给自己暖一个小小的窝吧。

我揣着怜悯，站在离他5米远的地方，感受着一个气若游丝的生命。

阳光依然灿烂，一个孩子试图将一封信投进邮筒，可是他太小了，使劲跷着脚也无法将信投进去。老人用手撑着地，艰难地挪到孩子跟前，用尽全身的力气托举起那个幼小的身躯，一封信就这样生出了翅膀，一颗心就这样开出了苞蕾。

“爷爷，你怎么不能站起来啊？”

“爷爷生病了，没力气了。”

“那我扶着你。”

“瞧你这小不点，还没我蹲着高呢，怎么扶我啊？”

孩子和老人都笑了。那绿色的天使邮筒，在阳光下又像是一棵郁郁葱葱的植物。邮筒之所以是绿色的，就是因为它会给人带来希望。它挺立在那里，帮人传递着亲情、友情和爱情，而那个无法行走的老人，他的春天，却永远无法通过邮筒传递出去。

我来是为了什么呢？我开始扪心自问，难道仅仅想对他说上几句安慰的话吗？我怎么没有想到，给他满身满心的怜悯，不如给他一支廉价的消炎药更有效呢。

他的春天，无法邮寄，而我的忧伤，又何尝不是！

我的记忆中始终收藏着这难忘的一幕，他用两只手支撑着向前移动。那两只手，是两枝发育不全的树枝，吐不出新芽。他在离春天很近的地方，一步之遥，但就是无法到达。

每当我想起这个不放弃希望的老人，都会引来一阵疼痛。那来自灵魂深处的忏悔，就像我的风湿病，常常在雨天让我周身上下都渗出冷冷的汗水。

镶嵌在镜子里的爱情

1

那个年代，男女授受不亲。自由恋爱的很少，媒婆们便成了必不可少的重要角色，她们就像叽叽喳喳的麻雀，在两个陌生的人之间穿针引线，试图穿起一段姻缘。

人们保守得很，即便是热恋中的男女，也不敢在大街上牵着手，更别说两个本来互不相干的男女第一次见面了。媒婆巧舌如簧地把一方介绍给另一方，然后借故出去，给他们腾出点空间来。屋子里一下子静得能听见他和她的心跳，彼此不敢看对方一眼，只能通过那面镜子，窥着彼此的模样。有时候，他和她的眼睛会在镜子里相撞，彼此便都迅速地低下头，一脸羞红。但他们不知道，他们的目光已经在镜子里打了结，再也挣不开、扯不断了。

走路的时候，他和她一前一后，始终保持着5米左右的距离，生怕对方听到自己怦怦乱跳的心。那样子无论如何都不像是在谈恋爱，他看上去倒像是一个图谋不轨的人，暗地里尾随着他的猎物。

后来，他们回忆起来，说整个恋爱阶段，在一起说过的话不足十句，就这几句，还是“吃了吗”等举国上下例行的废话。这种状况，在时下这帮走在时尚前沿的年轻人眼里，简直有点“触目惊心”“惨不忍睹”。

那时候，就算有誓言，怕也都是镶嵌进镜子里了，镜子沉默着，却暗自酝酿着一场天长地久的幸福。

2

他从不敢与她对望，或许是自卑的原因吧，因为她是剧团里的台柱子，而他不过是一个跑龙套的。可是，再卑微的心也是激情澎湃的，他喜欢她，偷偷地为她做事，暗地里保护她，不让她受一点委屈。

这些，她心里一清二楚。她也对他有些好感，可是总不能自己先去和他开口说啊，她在心里埋怨他的不勇敢。有一天，她掏出镜子，要重新补一下妆，结果她看到了镜子里的他，正在后面深情地看着她。从那一刻起，她决定了，一辈子要和这个人在一起，不为别的，只为镜子里那深情的一次对望。

一面镜子懂得她的心思，镜子不说话，守口如瓶，却暗自替她收藏着那些在心底发芽的喜悦。

打那以后，她时常唤他：“来，帮我拿下镜子。”

他屁颠屁颠地跑过来，如同得到了某种恩赐一样，欢欣鼓舞。透过那面镜子，他看到一张娇羞的美艳无比的脸，生动了他的整个人生。

为了证实本文的真实性，有必要隆重介绍一下本文的几个主角。当年这个剧团里的台柱子，是我的小姨，而那个偷偷从镜子里看她的男孩，是我后来的小姨夫。至于另一对嘛，你们可能已经猜到了，对，那就是我的父亲和母亲。

爱上一棵为我保守秘密的树

深秋，一封寄往南方的信，被麻雀截获。它向我索要能度过一整个冬天的麦粒儿。不然，它会用它的婆婆妈妈，把我的心事抖落个干干净净。

我只好从我的嘴里，省出一只鸟一个冬天的口粮。只为，我要一个完好无损的秘密，不要任何人与我分享。

那个秘密里，只有一个字：爱。这是我要对一个女孩说的，唯一的一个字。

我用了很多办法都无济于事，写在雪地上，阳光会看见，写在墙上，小虫子会爬过，写在纸上，那是不打自招的铁证，那么该如何呢？找一棵有树洞的树，让它来替你保管你的秘密吧。

我想象着我的爱，是多么惨烈，就像一尾鱼，煮熟自己，并心甘情愿为了心爱的人，剔出自己的骨刺。

爱人，我死后，请在我贫寒的尸骨上绽露生活的笑容。如果有幸在夏天挥别，请为我铺一些花瓣，让花香冲淡死亡路上的忧郁；如果我在秋天离开，请用落叶覆我，让我与落叶一起去寻根；如果我在冬天别去，请为我撒上几片雪花，权当是对这个尘世的小小留念；如果，我在春天告别，请将最贴心的那枚纽扣，挂到我爱的那棵树上，让它代替那枯萎的心脏一直跳动着，如同一架永不停摆的挂钟。

有些爱情，不属于键盘，不属于冷冰冰的电脑和手机屏幕，不属于彩铃，不属于时尚刊物。它只属于微微有些泛黄的纸笺；只属于轻轻的、静静的心跳；只属于月亮，这不穿衣裳，却依然被世人唤作圣女的尤物。

我竭力保守的秘密，就是那样的爱情。

我爱那颗多愁善感的心，那心上滴出的水，是最好的墨，将心灵的地盘，全都泼洒出美好的水墨丹青。

我爱着我的秘密，也爱着那棵为我保守秘密的树。它是一个多么值得信赖的朋友，如果它是异性，定会是我的红颜知己，如果是同性，定是我如影随形的至交好友。

一片片叶子，像一只只灵敏的耳朵，支棱着，听着慢慢走近的、春的步子。

亲爱的，我是生活最边缘的那一缕雾，除了不怀心机地度过生命，我没有过别的要求——尽管，我以具体的形象和身份存在，因为思想的偏离，似乎已不知自己是谁。

两手空空时，与你相遇。那是我在清空心灵的地盘，准备全部用来装你。

我的内心，有一个空鞋盒，正在等待一双合适的脚，来轻轻践踏。

记得喜欢上王家卫的《花样年华》，就是因为最后看到和听到的那幕和树有关的片段：

字幕：1963年，新加坡

周慕云：从前有些人，心里有了秘密，又不想被别人知道，他们会跑到山上找一棵树，在树上挖一个洞，然后把秘密全说进去，再用泥把洞封上，那秘密会留在树里面，没有人会知道。

字幕：1968年，柬埔寨

一座古老的庙宇里，一个小和尚看着一个奇怪的游客，他在斑驳的树上找到一个圆洞，深情地看着。他把嘴伏在上面，轻轻地自语。他走了，留下一个填满青草泥土的洞口。

每一个人，都有深埋心底，不能对别人言说的秘密，也同时为这秘密牵绊。

不知从几时起，这个秘密似乎成了他们生活全部的意义，他们为秘密而活着。

现在我也存留着这个习惯，每到一处新的地方，我都要去看那里的树，然后在一张纸条上写下心里对某个人的某些怀念，安安静静地埋到那棵树下。

我知道，那棵树会为我保守秘密，也会为我的秘密找到一个成长的出口。那棵树上的某一片叶子，没准就是我的秘密幻化而成的呢！

这样想着，所有的时光都开始欢呼雀跃起来。

一匹狼的自由

一只狼被猎人打伤了，猎人并没有杀掉它，而是给它敷了药，让它慢慢好起来，然后把它和另一只狼（还是叫它狗吧，因为它已经被完全驯化了）养在同一个围栏里。

猎人想把这只狼也驯化成一只豢养的狗，替他看门护院。

狼，每天用它那特有的韵律和节奏，轻快地向前跑着，没跑几步，便撞到了铁丝网上，它就接着往回跑，这一面也有铁丝网拦着。那只狗就嘲笑它："愚蠢的狼啊，你省省力气吧，这四面都是铁丝网，任凭你再有力气，也没办法跑出去。像我这样多好，趴在地上，啃着骨头，晒晒太阳，多舒服。"

狼并没有说什么，继续跑着，偶尔会吃一些猎人扔给它的肉。但每次它都不会大嚼大咽，而是吃了七分饱就不吃了，剩下的肉，它会找一个私密的角落，埋起来。当猎人不在家，不能按时抛给它肉吃的时候，它可以保证有吃的。所以，狼始终保持着健康。

狗却是有一顿吃一顿，吃了上顿不管下顿，有时候撑得眼冒金星，有时候饿得饥肠辘辘。自然，在狼的面前，它如同一只温驯的绵羊，软绵绵的，看不出一点野性来。

“那又怎么样？你还不是照样跑不出去？”不管何种境地，狗还是不忘揶揄着这个同伴。

狼并不理会狗的嘲笑，依然每天坚持着自己的习惯，保持那特有的韵律和节奏，来回地跑着。

狼说：“我在锻炼我的身体，为了有一天，自由来的时候，能奔跑得更快。”

狗却说：“自由，要它做什么？现在这样，不是照样每天都有肉吃吗？”

狼没有正面回答它，而是把眼睛望向远方，自言自语地说：“我的自由，不允许我有太多的赘肉。”

终于有一天，猎人因为喝多了酒，给他们喂完东西后，忘记了锁上围栏的门。这千载难逢的机会，被狼逮个正着。它一个箭步冲过去，撞开那扇门，飞奔而去。

猎人只感觉一道闪电从眼前划过。他取出猎枪，瞄向狼远去的方向。他根本没有想到，狼会跑得那样快，甚至比受伤前跑得更快，就连他枪膛里的子弹，怕是都追不上。

猎人把举起的枪缓缓放下，喃喃地说：“打死它又能怎么样呢？自由还活着。”

另一只已变成狗的狼，正昏昏欲睡，对眼前发生的一切浑然不觉。猎人索性扔掉了那把锁。

不论何种境地下，都不该卸下那根信念之弦。如果你想成为一只可以高飞的鹰，就要时常扇动翅膀。如果你想成为一匹自由的狼，就要随时准备奔跑。

机遇只给那些随时做好准备的人。

第四辑　身边的隐形天使

在人生的低谷，我们常常会抱怨，误以为天使不在。其实她们就在我们身边，只不过是隐身的，就像鸟儿飞过，却没有在天空上留下痕迹。

——《身边的隐形天使》

母亲的补丁

最近动了给母亲换眼睛的念头，用我的一只眼睛，换母亲的几年光明。

咨询眼科医生，医生说理解我的心情，也理解我的孝心，但是很遗憾——行不通。

因为糖尿病并发症导致的眼盲，是无法复明的。我的愿望终是一厢情愿，落了空。

愧疚让我的灵魂生了洞，母亲的眼睛做手术的时候，我因为一个案子缠身，无法陪在她身边。母亲跌落到黑暗里，抓不到我的手，她的心，该是多么忧伤!

以至于后来，我总有那样的想法：如果当初我在母亲身边，手术是不是就会很成功，母亲的眼睛是不是就不会失明了呢?

尽管医生告诉我，母亲的眼盲是“大势所趋”，手术不过是把那个黑暗降临的时刻向后延迟了一小截而已。

但我依然无法原谅自己。

一直以来，都是母亲用惦念、安慰和爱，缝补着我生活中的一个个伤口。失恋的时候，母亲陪我出门旅行；与人争执的时候，母亲“护犊心切”，帮亲不帮理；下岗的时候，母亲陪我喝酒聊天……她像一块朴素的补丁，给我以种种安抚和慰藉。是我难过时候的开心果，阴冷天气里的暖炉，停电夜里的一盏煤油灯……

母亲是所有人心灵上的补丁。可是多少人，一边享受着温暖，一边嫌弃着那块补丁的“碍眼”啊！

因为淘气，新买的衣服刮了一个大洞。母亲缝补的时候，虽然做了巧妙装饰，但毕竟是一块补丁。那时候尽管依然很穷，可是大街上已经很少看到带补丁的衣服了。没有别的衣服可换，只好强忍“悲痛”穿着去上学。只盼它尽快多破几个洞，早早谢幕，可是它偏偏坚强得很，很长时间都没再受过伤，这“补丁”压在我身上，如同压在孙悟空身上的五指山，让我那颗敏感的心喘息不止，生怕别人投过来的白眼和嘲讽。

母亲似乎感觉到了我的不自在，那个春天，去乡下给人插秧挣了点儿余钱，给我买了一件崭新的衣服。我从那“五指山”下蹦出来，恨不能一下蹿到云里去。

儿时，听到母亲最常说的话就是：孩儿别怕，妈妈在呢。

什么都不可怕，什么都不必惊慌，因为有母亲在。在母亲看来，悲与喜，好运与苦难，不过是左眼到右眼的距离。“左眼跳财，右眼跳灾。”母亲说，“没啥大不了的，今天右眼皮跳，有点难过的事儿。明天没准儿就左眼皮跳了，好事临门呢。”

从此，我微笑着生活，因为心里已经揣下一本豁达的爱的《圣经》，它的光芒，比雪更加刺眼，比太阳更加永恒，那是我人生的方向。

而善良，是母亲给我的更珍贵的馈赠。

母亲是出了名的热心人，邻里谁家有个大事小情，母亲是必保到场的。谁家若是有了难处，母亲知道了，哪怕紧着自己，也要拉人家一把。有一次，吴姨家儿子相门户，需要招待女方的家人，大米不够用，过来借。“这可是大事儿，咱可得招待好人家，不能让人觉得咱太寒碜了。”母亲的慷慨劲儿如潮汹涌，一股脑儿把家里的大米都给吴姨拿上。那个时候粮食定量，要凭粮票购买的。这一举动害得我们那个月早早就断了粮，只能吃些土豆和母亲平时晒的干货，艰难度日。

母亲这块巨大的补丁，谁家有了“难”的缺口，她都会急切切地往上扑。

我受伤的时候，母亲是我的补丁，是我的创可贴，让我完好如初，可是她自己却破碎了，破碎得千疮百孔。痛风，就像有风从骨缝里穿过一样，牙也快掉光了。母亲忍着疼痛，和我开着玩笑：“我这破身体啊，就像个茅草房，四处漏风。”

我痛苦于无法帮她缝补这四处漏风的身体，而她的眼睛却又雪上加霜地坏掉了！这成了我灵魂里永远的缺口，在她最需要我的时候，我却没能握紧她的手，对她说，“妈，别怕，我在呢！”

我多想自己也可以做一块神奇的补丁，把这痛苦的缺憾弥补。

我把愧疚说给母亲听，母亲轻拍着我的手，只说了一句“傻孩子”。仅此一句，我就清清楚楚地听到了母亲心里的话——

我看不见你，但我还摸得到你的轮廓，闻得到你的气息，什么都没变，妈妈一如既往地爱着你啊！

请为蒲公英祝福

蒲公英探出头，睁开沉睡了一冬的眼睛，打着哈欠，向它的新邻居——在春天里梳洗打扮的花草们问好。

“你是从哪里来的？”新邻居们对这个忽然在它们身边冒出来的愣头愣脑的小家伙儿充满了好奇。

“我不记得了，我只知道，这是我的第五个家。”蒲公英说。

“唉，看这个可怜的流浪的孩子。”那些花儿们叹息着，替它难过。

“不知道哪里才是它最终的家？”那些草儿们皱着眉，替它犯愁。

“那该死的风，到底要把它带到哪里啊？”那些树们愤愤不平，无奈又无法为蒲公英拔刀相助。

蒲公英不明白它们为什么会觉得自己可怜，自己的胸膛里明明揣着一颗怦怦跳动的快乐的心啊。

不管落到哪里，它都会在那里开出一朵黄艳艳的花来，忘了风是怎样把它摔疼的，忘了雨是怎样把它淋个透心凉的，它只管向着太阳，张开它的笑脸。

它轻轻地哼着歌儿，快乐地拾掇着自己的新家：给自己装一扇窗户，可以欣赏风景；给自己围个篱笆，可以圈住幸福；给自己拧一盏灯，可以点亮记忆……

终于，花儿忍不住问它：“难道你不觉得自己可怜吗？”

“不，恰恰相反，我觉得自己很幸福，因为我看到了很多你们没有看过的风景。”

终于，草儿忍不住问它：“难道，就没有一块让你眷恋的土地吗？”

“有的，正因为我眷恋着这片土地，所以我要用我的漂泊，去亲吻它们。”

终于，树们忍不住问它：“难道，你就不恨那些风吗？”

“不，我要感谢风。它给了我一双翅膀，有了风，我才成了唯一可以飞翔的植物。”

这些邻居们觉得蒲公英简直不可理喻，在它的脸上怎么就看不到一点悲苦呢？它们很失望。正如人，习惯于对落难之人的促狭，并且满足于一声声的哄笑中。道尽他人的辛酸，实不关自己的痛痒。

这个世界，属于它的很少。所以，风把它吹到哪里，它就在哪里安营扎寨，就把哪里当成自己的家。这就是蒲公英的快乐，因为它懂得顺其自然，从不苛求。

懂得享受孤独，学会分享快乐，这是蒲公英的真理。

深秋的时候，蒲公英又要踏上新的征程，它对它的邻居们说：“不要为我难过，请为我祝福。”

在春天祝福我重获新生；在深秋祝福我喜迁新居；在冬天祝福我临睡前能吻到覆盖我的那枚雪花！”

好日子不长皱纹

或许是老了，我最近总是莫名其妙地感到烦躁，对什么都提不起兴趣来，内心如同死水一般，泛不起一点波澜，脚步也不再轻盈，灌了铅一般沉重。

妻子则截然相反，依然如向日葵一般热爱着生活，在网上疯狂购物，给我买衣服，专挑那些年轻的款式。我质疑，“我都多大岁数了，这个有点穿不出去吧。”

“谁说的，我看刚刚好嘛！就这身了，穿着上班去。”

她不容分说地推我出门，阳光呼啦啦地泼了我满身。同事们惊呼：“这一身，可真帅！”

史上最红的日出，浮现在我略显沧桑的脸上。不过，从此我也领悟到，皱纹生在人的额头，不应该生在心里。

在妻子这棵向日葵面前，我怎么可以是黑色的曼陀罗。

因为血压高，妻子对我喝咖啡的量上控制得很严，可是我戒不掉它。夜深人静的时候，我需要用它的香气做诱饵，引缪斯上钩，就像有些文人，用酒或者香烟做诱饵一样。

趁着妻子不注意，我又偷偷给自己冲了一杯咖啡，因为实在舍不得这个安静的美好的夜，我需要它引我去和缪斯约会。正和缪斯耳鬓厮磨缠绵之际，妻子夺走了我的咖啡，换给我一杯热乎乎的鲜奶。“我宁可你写不出东西，也不能让你得了病。”妻子不怒自威地说。

肩周炎犯了，她给我按摩，轻重拿捏得很到位。我说：“你咋这么好啊！”

“你看你这鬓角长了这么多白头发，脸也有褶子了。”她心疼地说，“你是咱家的顶梁柱，照顾好你就是照顾好了日子。”

穿着淡蓝色睡衣的妻子，倚在窗边，窗外那个有小半个缺口的月亮，仿佛就伏在她的肩头，像一只乖顺的猫。

妻子喜欢包饺子，严格地说，她包的饺子并不十分好吃，可是她乐此不疲。愿意包饺子的女人都算是好女人。每当她们想好好爱自己家人的时候，都要包饺子。也许包饺子的那一道道程序会包含进去太多的东西，繁忙的个把小时程序过后，只为了吃的人几分钟的幸福。她们把一个个日子照顾得无微不至，让每一个日子都活色生香，但她们又懂得约束，从不贪吃，点到为止。

妻子如此贴心，我自然要投桃报李。夏夜，我会守着她和孩子都睡着，然后解决掉那个隐藏很深的蚊子，检查一遍门窗是否关紧，那一刻，内心伟岸无比，觉得自己是巡视天下的帝王。和那些把时间排得满满的，甚至限制了自由的成功人士比起来，我宁愿做这样一个顾家的小男人，会笑，会做饭，会修小家电，会帮妻子洗内衣，会在一早起床快速收拾好老婆孩子随手丢在角落里的袜子，会在市场买到最新鲜的食材，早晨跑步回来，路过早餐店，买她们爱吃的馅饼和绿豆粥，然后，拉开窗帘，轻轻地将她们唤醒。

所有的婚姻都不是大厦，都是风雨飘摇的小屋，需要两个人互相去支撑，去爱护。不要指望婚姻有多牢固，最主要的是要为婚姻营造风和日丽的环境。你想想，如果每一天都是阳光普照，鸟语花香，那我们即使住着敞着篷的茅屋又有何妨，不照样是快意浪漫的生活吗？

这么精心照顾的日子，怎么好意思再生出皱纹来呢！

你能得到多少分贝的掌声

那年我正在上高中，参加了一次演讲比赛。

那是一次级别很高的演讲比赛，要求演讲者就美丽、博学、勇敢和诚实哪一个更重要展开阐述。为了体现比赛的公正性，评审团偷偷地在角落里放置了分贝器，以每个人所获得掌声音量的分贝大小作为评审的参照。

我是唯一一个来自高中校园的学生。在这之前，我是高傲的。从小到大，我都是在一片喝彩声中度过，不知不觉之间，便有了一种优越感。为了这个参赛名额，我求了老师很多次，加上我在学校里确实非常优秀，全校老师最后一致推选我代表学校参加演讲。从报名到参加演讲，一直是那点所谓的自信在推动我，可是当一个个演讲者从容淡定地引经据典、旁征博引地进行了精彩演讲之后，我的自信心第一次受到了重创。我开始紧张了，清醒地看到了自己和他们的差距，简直是天壤之别。我开始后悔自己辛辛苦苦争取来的机会了，但一切已经来不及，马上就要轮到自己演讲了。

演讲会场上的掌声此起彼伏，评审团的工作人员不停地测着掌声的分贝。

在那些于某个知识领域小有名气的人物面前，我有些战战兢兢地上台了。

本来那个演讲稿在脑海里早已是滚瓜烂熟的，但不知道怎么了，看着台下黑压压的人群，竟开始前言不搭后语，甚至有那样一刻，脑子里一片空白，那些演讲词被我忘记得一干二净。在经过了几分钟尴尬的沉默之后，没办法，我只好为自己打了个圆场：不好意思，对不起大家，我把演讲词忘了！这时候台下开始出现小面积的议论，继而是大面积的嘘声，我涨红脸颊，低着头匆匆离开了演讲台。

我躲到角落里，仿佛是在经历世界末日一样地等待着演讲会的结束。家人和老师的安慰使我更加感到难过。

演讲会结束了，一位律师身份的演讲者凭借渊博的知识和动感十足的演讲获得冠军，他赢得了现场观众热烈的掌声，掌声的音量超过了80分贝！而我的掌声音量几乎为0分贝！

主持人在最后总结的时候特别提到了我，说我作为一名高中生，能够有勇气来参加比赛本身就是一种成功。我和所有参赛者一起被邀请到了演讲台上，每个人要做一段最后的致辞，我不得不再一次拿过那让自己难堪的话筒。

我说自己虽然忘掉了准备好的演讲稿，不过在心里，另外拷贝了一份没有草稿的演讲稿，希望主持人能给我一个表达的机会。

我说，“现在我才知道，今天我来这里，是有些自不量力的。我以为自己穿上了漂亮的外衣就是美丽；我以为自己每门功课都考了第一就是博学；我以为自己敢为女同学出头、找欺负她的男生算账就算勇敢；我以为每天晚上对妈妈如实汇报学习和思想情况就是诚实，但是很显然，我实在太过幼稚了。在今天这些老师的面前，我第一次感觉到自己的渺小，我觉得自己就是那只第一次跳出井底的青蛙，看着广阔无边的世界，置身浩瀚的知识海洋，只有惊呆和惭愧！所以，在这里，我深深地打量了自己，我所自认为的美丽不再是美丽，我所自认为的博学不再是博学，我所自认为的勇敢不再是勇敢……”

现场开始安静了下来。

“但是今天，”我羞涩地笑着说道：“我认为自己唯一值得表扬的地方就是诚实，因为我确实是把演讲词忘掉了，而且是忘得一干二净。”

现场观众开始发出了善意的笑声。

“所以我认为，你可以不美丽，但你不可以不博学；你可以不博学，但你不可以不勇敢；你甚至可以不勇敢，但你无论如何，不可以不诚实！”

现场爆发出了热烈的掌声！评审团惊奇地发现，我所获得的掌声音量接近了90分贝！竟然超过了今天的冠军。

虽然我在美丽、博学、勇敢上都输给了别人，但我用我的诚实，赢得了掌声！

一棵树的诞生

在最近的“思想品德”课堂上，我总是不失时机地尝试着我的“启蒙教育法”。

我一直坚信自己是个敢于创新的人，始终摒弃那种对着辞典解释某个词语的照本宣科的行为，那样只会让孩子的脑子逐渐生锈。启蒙教育贵在领悟，我一直固执地认为，让孩子们自己去领悟出一些东西来，会加深印象，在教育上起到事半功倍的效果。比如，我要解释“感恩”的含义，就会为孩子们举例说：在你一无所有的时候，饿着肚子，有人给了你一碗饭。如果日后你有钱了，你会怎么做呢？孩子们的回答尽管五花八门，但基本都符合了“感恩”的含义。这些回答里面，有8个说要给那个人盖个楼，有10个说要给那个人买辆轿车，有20个说要请那个人吃海鲜、麦当劳……

我的“启蒙教育法”在理论上是可行的，但在实施起来有很大的难度，使我一度对自己“自讨苦吃”的做法感到疑惑，打了几次“退堂鼓”。但是在昨天的课堂上，我看到了一丝成功的曙光，令我感到无比欣慰，并坚定了自己将“启蒙教育法”坚持下去的决心。

在那节课堂上，我想让学生们在内心深处理解“奉献”的意义，就故意问学生们，由一个书桌，能想到什么?

我的本意是想让孩子们想到一棵树，甘愿奉献自己，将自己变成书桌和种种产品，可是孩子们的想象力太丰富了，仿佛插上了翅膀，纵情地飞舞。有的说能想到艰难的功课，有的说能想到大学，有的说能想到那条男女有别的“三八线”，有的说能想到团结友爱，有的说能想到桌面上各种各样的“雕刻作品”，有的说能想到爱护公物……

借着孩子们的翅膀，我的思绪也跟着跑了题，也飞回到了童年，我想到的是一只断线的风筝，想到九岁时夭折的妹妹，想到她曾经为了上学而哭肿的眼睛……

“不，孩子们，”我强忍住眼中的泪水，想理一理他们和自己的思绪，“我是让你们想一想书桌的产生，比如，它怎样成为书桌，是什么让它心甘情愿地伏在我们面前，为我们服务？”

孩子们便想到了木头，“那么，由木头还能想到什么呢？”我接着问道。

柴火，房梁，窗户，门，家具，木匠师傅……思维跳跃性强的学生竟然直接说出了由柴火烧成的饭菜。

我便隐隐地感觉饿了，想到中午一个半小时的午休：骑车在路上要用去半小时，再用半个小时做饭吃饭，再用半个小时为瘫痪在床的老母亲换洗尿布。时间总是排得满满的，让人喘不过气来，想到这里我不自觉地叹了口气，为自己穷困潦倒的生活叹息。

“你们说的都有道理，孩子们，但是还可以再想一想。”我想今天我不是个合格的老师，思想上总开“小差”，我再次厘清了他们和自己的思绪，“书桌默默无闻地为我们服务，却没有一句怨言。它认为被人伏在上面写字、办公是它存在的最好方式。它的前身是木头，木头也是甘于奉献的。它们被做成家具、房梁，还能变成炉膛里的火焰，温暖穷困中的人们，就连变形的木头，也能被艺术家雕刻成艺术品，赋予它们新的生命。那么，由木头还能想到什么呢？”

有时候我也怀疑自己，不知道自己费尽周折的教育方式是否过于极端，但不管怎么说，孩子们最后的回答总还是让人兴奋的。

他们沉默了一会儿，然后几乎是异口同声地说——

“一棵树。”

“是的，一棵树，”我高兴地对学生们说，“你们每个人都要努力去做这样的一棵树，为人乘荫纳凉，并时刻准备奉献自己。”

我如释重负地想，看，让孩子的心中诞生一棵树有多难。但不管怎样，只要它成长，只要它能茁壮地伫立在孩子心中，我便认为这样的教育没有白费。

我和孩子们一起朗诵自己写的一首关于树的诗歌：

“一个人心中，应该有棵树，

让你的内心始终有花香，有鸟鸣，

有让人恋恋不舍的景致；

一个人心中，应该有棵树，

让月亮在那里絮一个暖暖的巢，

让天空的星星在那里有一个摇篮；

一个人心中，应该有棵树，

人要与它比照着生长，

看谁的今朝更茁壮，看谁的明天更笔直……”

我仿佛听到了孩子们的脚步声，或坚实或豪迈，或柔弱或果敢的脚步声。我分明看到了一支支从稚嫩到成熟的人生之笔，在生活这个无比宽阔的练习簿上画着形状各异的树。

下课了，我正准备转身走出教室，窗外的阳光异常灿烂，将树的婆娑身影印了我满满一身，孩子们叽叽喳喳地指着我的后背笑着说，“老师，大树长到您的后背上了……”

听音乐的乞丐

一个是音乐家，一个是乞丐，他们在大街上相遇了。

音乐家是个乐善好施的人，他看到了乞丐，本能地停在他面前，去掏自己的口袋。可尴尬的是，他的身上一分钱都没有带。

乞丐看着他，眼中满是期待。

音乐家的善举搁浅了，但怜悯之心仍在。他无措地站在那里。乞丐似乎看出了他的窘境，看到他手里提着一把二胡，想了想说："你能给我拉一段二胡吗？"

音乐家先是愣了一下，然后点了点头。

音乐家全神贯注地为他拉了一段《二泉映月》，让他感到惊奇的是，在他拉完的时候，乞丐竟然使劲地鼓起掌来。

"你听得懂吗？"音乐家问乞丐。

"不，"乞丐说，"我只知道这玩意很好听。"

"你为什么要听我的音乐呢？"音乐家问他，他觉得乞丐此刻最应该关心的是怎样打败饥饿。

"是的。"乞丐说，"我的生命里只有一个想法，怎样才能填饱肚子。但现在，我吃饱了。”

这大概是世界上最廉价的快乐了吧。吃饱了，便快乐了。

这就是乞丐的从容，懂得享受满足，快乐地活着。他们吃饱的时候，也会露出优雅的神情，微笑着欣赏街头的美女；也会随着路边音箱里的流行歌曲哼哼唧唧，并有节奏地摆动身体；也会和同伴谈论天气，像那些绅士一样；也会关心时事，煞有介事地为国计民生表达他们的忧虑；也会向那些或是在举行婚礼，或是在庆祝成功的幸福的人们表示祝福，而不是嫉妒和诅咒……

尽管，他们微笑的时刻会让很多人无法理解。但这个世界就是这样的，总有一半人不能理解另一半人的从容和快乐。

在影片《救赎》里，我听到了这样的一段对话，黑帮头目问一个乞丐，你为什么还要活着，像狗一样活着？乞丐却对他说，因为这双手，我仍能感受到阳光的温暖。

乞丐对生活的信念如同一缕阳光，照进了那个黑帮头目的心灵，让他在短短的六天时间里，灵魂得到了救赎。

这大概就是乞丐们的哲学：不要给我太多，那样我便不会容易满足，便少了快乐，我所享受的只是不会死去，如同动物一般，为觅食而活，除此之外，便是享受自然恩赐给我的阳光。生活仅此而已，我们这些人又在挣扎什么？

人生没有老师

人，每天都要撕下一张日历，能够驾驭灵魂的人，每天也要撕下一张日历。

人，每天都在走回头路，能够驾驭灵魂的人，每天也都在走回头路。

不同的是，能够驾驭灵魂的人大多是贫困的。这是一种惩罚，谁让你猜透了上帝的心思，打乱了他尽情摆布人类的布局呢？

女娲在造人的时候，开始时是用手捏的，后来累了，干脆用鞭子蘸着泥水在空中使劲地甩，用手捏出的塑像都成了富贵的人，用鞭子甩出的泥点子自然就都变成了穷人。所以人注定是不一样的，有高贵的，有苟且的，有富有的，有贫贱的，有美丽的，有丑陋的。一些人可以变成星座，一些人只能变成石头，一些人位高权重，享受着漫无边际的无上荣光，一些人一无所有，哀叹着世代承袭的穷困潦倒。

卡夫卡喜欢笑，这是很多读者都不敢相信的吧？但根据他朋友的回忆，卡夫卡确实喜欢笑，笑得欢畅，也懂得如何逗朋友笑。卡夫卡给人的第一印象是健康的，他的精神趋向根本不是病态，而是自然伟大，显示着向上、简朴和绝对的诚实。其实，在卡夫卡的内心深处，他也想过一种健康、平凡的生活。卡夫卡曾经说：“结婚，建立家庭，接受所有降生的孩子，在这不安全的世界上保护他们，甚至给予些引导，这些我确信是一个人所能达到的极致。”但是，也许是因为内心的呼唤和命运的拨弄，他却无法享受平凡的生活：终身未娶，只活了短短的四十一个年头。

忧郁的叶赛宁自杀了，留下那句“生活中死亡并不算新奇，而活着当然更不是奇迹”的绝笔诗。大嗓门的马雅可夫斯基嘲笑他的懦弱，并为这句诗提出了尖锐批判：“在这人世间，死去，并不困难，创造生活，可要困难得多。”可谁知五年后，他竟然也自杀了。

爱尔兰诗人王尔德说：“我能抵抗一切，除了诱惑。”中国诗人昌耀说：“在我的诗里，我能摧毁一切，但在生活里，一切都可以摧毁我。”

诗人们在诗歌里的坚强更显露了他们在生活中的软弱。那么，就这样与生活妥协了吗?

对生活妥协是看穿了上帝的把戏后，我们还能对它有所敬畏与感恩，深知在我们相对渺小的生命之外，有更为宽广与永恒的东西。

对命运的逆来顺受就是把生命里所有的难题都推给老天，觉得这是老天的故意为难，放弃从简单或者看似不顺的生活里寻找美感，寻找激发你斗志的能量。

古罗马哲学家塞涅卡说：“没有比人生更难的艺术，因为其他的艺术和学问，到处都可以找到很理想的老师。”

是啊，只有人生没有老师，因为每个人的人生都不尽相同，都有不同的标准。你自己的人生，只能靠你自己去创造，靠你自己探索和总结。这就如同我坚守着我挚爱的文字一样，不管多少冷嘲热讽在耳边呼啸而至，我依然我行我素，固守心中的那份信念。

要么加官晋爵、衣锦还乡，要么淡然出世、归隐山林，怎样的人生才是与你相配的人生?

或奔跑疾驰，或徐徐慢步，两岸的风景一闪而过，有多少尽收于你的眼底?

即便你死去，你的墓志铭也没必要写多长吧，难道你想让人误以为那是人民英雄纪念碑吗?

17世纪英国剧作家韦伯斯特笔下的那位漂亮、快活的挤奶姑娘让人震撼：她只有一个愿望，希望死在春天里，这样她的裹尸布上就可以摆满鲜花。她让我相信，真正感人的爱之花正是对着世界偌大的阴影开放的。因为有花朵在，阴影就不再那么可怕。

好好活着吧！人生没有老师，但我们可以无师自通。

身边的隐形天使

我们从来不会见到那些善良的天使，但我们总能在某一个温馨的时刻，碰触到她的翅膀。

由于双方父母的反对，我的婚姻得不到任何支持和祝福，只能和妻子带着两套行李，来到这个陌生的城市，开始一桩注定充满磨难与疼痛的婚姻。那时候我没有工作，也赚不到稿费，就去工地给人搬砖推沙子，即便是这些重体力的活，也不是天天有，有时候天气不好，好多天都赚不到一分钱。

“这苦命的孩子啊！”房东太太是个热心肠，看到我们什么家当都没有，就从仓房里翻出些能用的东西送给我们，像什么桌椅板凳、锅碗瓢盆之类的，一方小炕连个铺的都没有，她就又倒腾出一块席子给我们用。

妻子怀孕，特别馋油水大的东西，可是我们连买豆油都没有一次超过一斤的。对此，我的内心怀着深深的愧疚。邻居们看到新搬来的这对贫苦夫妻，都不免很是同情，但我们却很不自在，在他们的眼睛里读到了自己的酸甜苦辣。我们虽然穷，但一样有尊严。

“苦日子总会过去的，别犯愁。”房东太太总会时不时地劝我们几句。后来，在房东太太的介绍下，我临时去街道找了份送水的工作，虽然辛苦，但生活总算有了盼头。

有一天中午下班回来，妻子不在，我只看见桌子上放着一盒满满的热气腾腾的盒饭，里面还有久违了的五花肉呢！妻子一定是觉得我每天出苦力干活太累，要给我补充营养呢。其实，妻子怀孕了，最该补充营养的是她啊。我吃了一小半，剩下的给她留着，然后便午休去了，醒来的时候，妻子和我说，你今天买回来的盒饭真好吃啊，很久没吃到肉了呢！

我一下子愣住了，那会是谁送来的呢？

"肯定是房东太太。"妻子说。她去后山拾掇柴禾，临走的时候，依稀看到房东太太蹑手蹑脚，像做贼一样地去了我们屋子里一趟。

上帝说："你们行善，要暗暗地进行，右手所做的，甚至不让左手知道。"我想，房东太太就是这样一个善良的人，想尽最大的力量帮助我们，却又不想让我们的尊严受到伤害，所以才偷偷地进行着她的善行。

那个冬天，让我们感到温暖的，除了房东太太，还有那些可爱的邻居们。

邻居马奶奶是个退休教师，老伴几年前去世了。孩子们都住着楼，要接她去，她不肯。她习惯住平房，就一个人在这里住着。平日里她喜欢站在院子里隔着栅栏和我妻子聊天，不管天多冷也挡不住她的话匣子，从而也大抵知道了我们的窘境，常常为我们的贫穷咂咂嘴，跟着叹息。我不免有些埋怨妻子，为什么要那么赤裸裸地把自己的窘境全盘说给别人听呢，那样只会换来别人的同情和怜悯，除此之外，还能有什么呢？

马奶奶还喜欢刨根问底，非要把我穷困潦倒的伤疤重新揭开不可，这些都是我不喜欢的。我拎着大大的油桶却只买回来一斤豆油的时候，想躲着邻居们走，可还是躲不开。我依稀能听到他们在我身后小声嘀咕着什么，我仿佛做了什么难堪的事情一样，脸羞臊得像块火烧云一样。

有一天，妻子最好的朋友要来看我们。这可愁坏了妻子，我们实在掏不出钱来买菜招待朋友。妻子情急之下，带着满腹的委屈呜呜地哭了起来。这时候就听见马奶奶在外面喊：“小朱啊，怎么把媳妇儿惹哭了呢？可不许欺负媳妇儿啊！”听了我的难处之后，马奶奶二话没说递给我们100元钱，“先拿着应应急吧，谁都有困难的时候。”

从那以后，隔三差五就有人从大门口的门缝里往我们的院子里放东西，有时候是一块新鲜的冻肉，有时候是一坨海带、几条刀鱼或者几块冻豆腐，不知不觉间我们的年货都差不多齐全了。我们不知道是谁在暗中施舍，但我们知道，那个人肯定是个天使，就像房东太太和马奶奶一样。

过年了，邻居们纷纷来串门，说着祝福的话，我度过了生命中最贫苦也最温暖的一个年。

在那个冬天，为了表达我的感恩之情，唯一能做的，就是在下了大雪的时候，早早地起床，偷偷地替邻居们把门前的雪打扫干净。虽然我穷，但我也想用我自己的方式，做一个隐身天使。

在人生的低谷，我们常常会抱怨，误以为天使不在。其实她们就在我们身边，只不过是隐身的，就像鸟儿飞过，却没有在天空上留下痕迹。

每双鞋子都有一个飞翔的梦

那是个与别处不大相同的修鞋子的铺子，里面干干净净的，温馨而明媚。主人是个正值芳龄的女子，模样姣好，声音清甜。按理，以她这样的条件，无论如何也不至于在这里修鞋的。在外人看来，这是一个低贱的职业，一个伺候人的活计，不到万不得已，是断不会选择这个行当的。可是你看不到她的脸上有悲戚之色，相反，她总是微笑着，主动和你搭话，聊一些很阳光的话题。

她的铺子没有牌子，也不见她明码标价，客人没有零钱给的时候，她也不计较，似乎她的修鞋铺并不是为了赚钱，而是具有一种义务的性质。这引起了我的好奇，当然也引起了同行的嫉恨，因为她把很多生意都揽了过去。

她干活却是极其认真的，她会把每一双鞋子都仔仔细细地擦干净，然后给它们“治病”，没有半点儿糊弄之嫌，让人心里感到很是温暖、熨帖。

终有一日，我坐到了她的对面，请她帮我擦擦鞋子。

言谈中，也知道了她的家庭条件很好，根本无须她来做这个，但她坚持这样做。

“你为什么不找些体面的工作来做呢？”我忍不住好奇地问。

“这有什么不好呢？不偷不抢，靠自己的力气挣钱。”她微笑着说。

“只是我觉得，以你的条件做这个实在是可惜了，不如我帮你介绍个好工作吧。”我想到公司正缺一个公关秘书，她的形象完全可以胜任。

“唉，”她轻声叹了一口气，“你看我这样子还能做什么呢？”她示意我看看她的脚。

我一下子呆愣了，她的双脚是假肢。

她在半年前出了一次车祸，双脚被轧断，为此她痛不欲生，所有的梦想都搁浅了。

曾经，她最大的梦想是做个舞蹈演员，在舞台上翩翩起舞，像个小天鹅一样美丽而高傲，可是猝不及防的灾难，瞬间毁灭了她所有的美好。

她说她的房间里最多的就是鞋子，出事之后，她依然没有改掉买鞋子的嗜好，她说：“尽管我知道自己这辈子再也不能穿上这些漂亮的鞋子了，可是我实在无法割舍对它们的热爱，就让我每天都抚摸一下它们吧，就当是抚摸一下曾经的幸福。”

抚摸一下曾经的幸福，我被她的这句话给绊住了。

“既然这么喜欢鞋子，为什么不去开个修鞋铺呢？我为自己的决定感到兴奋不已，家人也没有阻拦，任由我去折腾。我利用很短的时间，和别人学了修鞋的本事，果真在路边开了一个修鞋铺，每天来修鞋的人还真不少呢。”她有些得意地和我说着这些。

我看到阳光，都被她引到了这里。

看到那么多干干净净的鞋子，摆在她的眼前，她会感到一种满足。

见到一些样式好的鞋子，她会啧啧地赞叹：

“这鞋子真漂亮！”

“是啊，所以坏了也不舍得扔，就拿来修修。”

“对呀，不算大毛病，扔了可惜。”

每天她都会继续和顾客们这样的谈话。她听他们讲一些生活里的新鲜事，不自觉地跟着或悲或喜。

“你看，它们被你们的双脚带着，行走在一个个美丽的地方，多好啊。不管对人，还是对鞋子来说，都是一种幸福。”她说，“如果我有脚，我一定要去穿天底下最好看的鞋子，一定要去看天底下最美丽的风景。”

一种孤独酿两种酒

有一天，和一位画者探讨起孤独的话题，我问他，如果让他来画一幅关于孤独的画，他会怎样去画？他想了一会儿，然后简单勾勒了两幅画给我看。第一幅，他没有画星空，没有画寒鸦，而是画了一群吸毒的人，满地狼藉。

第二幅，闹市中一座房檐，房檐上的一只鸟，呆望着熙熙攘攘的人世。我看这只鸟，有了禅的味道，得道高僧一般，在离尘世不远不近的地方，驻足观望，品透冷暖。

他问我，“这两种，你觉得哪一种孤独更让人心仪？”

“当然是第二种，”我说，“因为它更贴近孤独者的灵魂。”

他说是的，同样的孤独，前者是堕落和放纵，后者是沉淀和升华。

一种是放纵者的孤独，另一种是内省者的孤独。

什么是孤独？去问一个写者，他的回答是，“孤独，是上苍对我的恩赐。”

去问一个歌者，他的回答是，“孤独是琴弦断，知音稀。”

去问一个话唠，他的回答是，“别人理你一下，你马上话匣子大开，这就是孤独。”

什么样的孤独最可怕？那就是热闹之后的沉寂，夜夜笙歌后的寂寥，就像烟花过后的洪荒，满地硫黄的味道，那是毒的味道。

有些孤独是与生俱来的，是成大事者的孤独；有些孤独是后天的，是失道寡助者的孤独。

我有一个朋友，在空旷的山坡上放了几年羊。那几年当中，他没有人交谈，没有听到任何回应。他有时对着山谷大喊几嗓子，有时躺在草地上看天空中飘荡的云彩。他想了很多——关于生命、关于活着、关于死……

他没念过几年书，但是他却陆陆续续地，把这些思想记录下来，最后出了本书，反响热烈。

在我看来，他的“想”是一个孤独者的诉说。他沉潜下去，探求着这个世界未知的深度，他的思想也就飞翔在所有孤独者的心灵空间。

总有一些人，他们在自己的小小世界里，活得很好，活得很舒服，没有任何不适。但就因为他们的与众不同，其他人总想把他们拉入凡人的世界，和普通人那样聚会，和朋友嬉戏，有正常的社交活动，按部就班地谈恋爱、结婚、生子，了此一生……

而我这个朋友终于抵挡了那些诱惑，他用自己的孤独，酿了一坛好酒。

有的孤独者是伟大的酿酒师，有的孤独者是糟糕的酒头脑。一种孤独，可以酿出两种酒来，一种是用品悟酿的酒，是醇美佳酿；另一种是用沉沦酿的酒，是坏掉的酒。

歌声是穷人的翅膀

一个中学时的同学，二十年没见，现今已为贵太太，偶尔有一天，想见见以前的老同学，就在网上的同学录里搜寻，终于联系上了我们，遂从外省驾豪车回来参加同学会。同学们见了面，数她的嗓门大，也数她的派头足。与其说是寒暄，不如说是显摆自己的优越吧。浑身的珠光宝气晃得我们有些头晕眼花。趁着酒劲儿，她说想去看看小时候住过的地方。我想，还算可以，没有忘本，就领她去了老区。二十年过去了，这里依旧还是那样贫穷破旧，贵太太不禁皱起了眉头。

那是矿区，里面住着的大部分都是矿工。那个时候正是上下班的时间，路上来来往往的尽是些“黑人”。

这么破旧的地方，竟然并排开了几家歌厅。贵太太不禁好奇地问道：“在这个地方开歌厅，脑子没有坏掉吧，穷人们谁还有闲心来唱歌啊？”

“不，唱歌的人很多呢！”我领她去看，果然，每个歌厅里都坐满了人，就算五音不全的人，也丝毫不觉得难为情，照样在那里认真而倔强地唱着。

对于她的不理解，我说，“其实，和富人们比起来，穷人更需要歌声。歌声可以缓解一下他们的疲劳。对于富人，歌声是娱乐，是消遣，可是对于穷人，歌声是慰藉，是安抚。”

贵太太不大懂我的话，不置可否地在那里摇头晃脑。

还有她更不懂的呢，我只有在心里对自己说，歌声是可以令穷人们劳累的心灵飞翔的翅膀！

一次，领朋友去一个朝鲜族人聚居的村子吃饭。那里有很多当地的朝鲜族人自己开的饭店，特色是狗肉、冷面和朝鲜族泡菜，很正宗的朝鲜族风味。朝鲜族人好客，每有客人来，都会敬上一杯酒，并愉快地与我们交谈，那份热情劲儿就像亲人一样。每次算账的时候常常会打很多折扣，让我们有些于心不忍，那么一大桌子菜，简直让人家做了赔本买卖。可是他们并不在意这些，他们在意的是，今天他们很快乐。

邻桌吃饭的几个人，桌子上无狗肉，只有两盘廉价的泡菜，可是几个人酒却没少喝。不一会儿，喝到兴奋处，其中一个竟然唱了起来，很纯正的嗓音呢，听完我们不禁为他拍起巴掌。这下可点着了他们兴奋的捻儿，一首接一首地唱个不停了，我们也就用筷子击打着碗盘，配合着他们。

饭店的主人说，这些人是村子里最穷的人，属于“老病残”范畴，基本都丧失了劳动能力，每月靠那点微薄的低保过日子。

“穷到这份上，还有心思来喝酒啊？”我的一个朋友不禁质疑起来，他觉得穷人就该有穷人的样子，就该是低眉顺眼，唉声叹气的吧。

“穷人也是人，也有快乐的权利啊。”店主说，“他们自己一个人是从来不来这里喝酒的，也喝不起。他们总是几个人凑在一起，一人出一点儿钱一起喝顿酒，他们也没别的乐子，平均每个月也就能来这么一次吧。这也算是他们的节日了。我也尽量少收他们点钱。”

店主的话，令我感动。

是啊，穷人也是人，没有人可以剥夺他们享受快乐的权利。阳光那么好，凭什么他们就要躲到暗处去?

音符们就像欢快的兔子，更愿意蹦跳到穷人的怀里去。穷人虽然衣衫单薄，怀抱里却涌动着一股股不息的热浪。

第五辑　累了就睡在风里

如果梦想太高，那梦想就成了冷冷的月亮。人世间，有些东西，你千辛万苦寻找到它，也正是你要失去它的时候。

没有脚的鸟，便是丢了根的人。他们只想到高处的梦想，却忽略了身边的幸福。

——《累了，就睡在风里》

请原谅天使的袖手旁观

天使会守护每一颗善良的心，但有时候，天使也会收起翅膀，袖手旁观，木然地看着你的苦痛，对你的窘境无动于衷。因为她看到母亲在你的身边，她知道，只要有母亲在，人就不需要天使。

的确如此，在我的印象里，母亲就是那样一个神奇的，仿佛有魔法棒的天使。

记得小时候有一次发高烧，母亲用遍了所有的方法，还是无法使我的体温降下去。父亲外出打工去了，母亲找不到别人帮忙，自己背着我，整整走了一夜，赶到医院打上了吊瓶。我在母亲的背上睡了一夜，醒来的时候却是在医院的病床上。母亲的双脚磨出了一个个大血泡，我用针给她挑开的时候，问母亲疼不疼。母亲说，再疼，也没有孩儿的病让妈疼。

在我接到大学录取通知书的时候，父母便开始为我的学费四处奔波，他们把所有能借的都借遍了，可还是差1000元。父亲一边抽着烟，一边唉声叹气，在父亲的叹息声中，我的心渐渐开始冷却。还有两天就开学了，我知道，不会再有奇迹发生了，我的大学就要眼睁睁地夭折了。

我听到父亲和母亲在厨房小声嘀咕，父亲说他有肝病，医院不抽他的血。母亲就说她明天去试试。我的心如同被剜割一样疼痛。

我闯进去，对母亲说："不，妈妈，抽我的血吧，我年轻。"

母亲紧紧抱住我，坚定地说："不抽，谁的血都不抽。"

母亲让父亲看着我，她一个人出去了。傍晚的时候，母亲满头大汗地回来，进了门就急急地让父亲给倒了一大瓢凉水，从母亲的表情上看，我有一种很好的预感，母亲弄到钱了。

父亲着急地问："咋样？"就听见母亲叽里咕噜说了一大串，好像很兴奋的样子。父亲说："真有你的，只是，以后要苦了你了。"

原来，母亲找到了以前认识的一个老熟人，帮她找到了一份帮人家洗衣服的活，一年2000元钱。母亲对那家人说，她只要1000元，但要先付给她，她要让她的儿子上大学。

"没啥，为了娃，咱就是拼了老命也中。"这是我听到的母亲说的话，尽管声音很小，但我却听得清清楚楚，字字铿锵有力。

这1000元钱，是决定我命运的一座山，翻过去，我就是凤凰，过不去，我就是一只土山鸡，一辈子与这贫瘠的土山沟为伍了。可是没想到，母亲让奇迹再一次发生了。

想一想家中堆满了别人家的衣物，母亲缩在小山后面，在大大的洗衣盆前辛辛苦苦地搓洗，我的泪水便不可阻挡地流淌。母亲却快乐着，她高兴，因为她知道，那大大的洗衣盆里，装着她儿子的前程。

再后来，我生命中最艰难的日子，是我刚刚结婚的时候。因为双方父母都不同意，我只好狠下心来，放弃了来之不易的工作，来到另一个相邻的城市，领了结婚证，建了自己的家。在新的环境里，我还没有找到新的工作，和爱人租了一间简陋的屋子。寒冷的冬天里，只有炕头有一点儿热乎气，我们蜷缩在炕头上，为我们"低到尘埃里"的爱情唏嘘不已。眼看就要过年了，而我们却两手空空，甚至连对联都不舍得买。因为，在没有找到工作之前，我们不敢动用手里的那一点微薄的积蓄。临近年关的那些日子，每次闻着邻居家里飘来的肉香，我们的胃里都会忍不住翻江倒海。我下了好几次决心要买几斤肉回来，都被爱人阻止了。就在我们一筹莫展的时候，母亲突然出现了，扛着大包小裹，风尘仆仆。她是通过我的一个好朋友打听到我的下落的。一进屋，看到我们两个受苦的人，她“哇”的一声就哭了起来，哭得惊天动地的，害得房东不停地跑过来问缘由。

母亲带了很多年货来，猪肉、小鸡、鸡蛋、黑木耳、冻豆腐……我真想不出，她是怎么带来那样一大堆东西的。母亲像个魔术师，变戏法一样，让我们一下子就富有了起来。母亲说，拗不过你们，既然结了婚，就好好过吧。

在一些暗淡的时光里，我曾经不止一次地怨恨天使的冷漠，她不管不顾地打着瞌睡，对我的痛苦置若罔闻。现在我知道，天使闭着眼睛，袖手旁观，是因为她清楚地懂得，有母亲在牵挂着我，母亲会把一切都变得美好起来。因为天使能做的，母亲都能做。

就为这，我原谅了天使。因为母亲来了，生命中的一个个奇迹，都是母亲的杰作。

揣进口袋的星星

大学的最后一年，家里的庄稼遭遇了严重的旱灾，全家人心急如焚，弟弟偷着给我打电话说，父亲上火，吃不下饭，睡不着觉……

我想我已经是一个大人了，应该为家里分担些难处。其实在父母眼里，我已经是个让他们骄傲无比的孩子了，考上大学为他们争光不说，而且除了第一年开学的学费之外再没有管他们要过一分钱。我的特长是外语，便利用业余时间为一些孩子辅导英语，凭此一项，不仅能挣够学费，还有一些结余，维持自己的生活完全不成问题。

但眼前的问题是，我业余时间做的那些工作，也仅仅是维持自己的生活而已，无法接济家里。怎样才能让自己尽快得到一笔钱，以解家里的燃眉之急呢？这个问题搅得我每天夜里都辗转反侧，难以入睡。

周末的时候，我去劳务市场转悠，希望再揽一份家教的活，但因为我开出的条件是对方先预付我半年的工资，所以谈好的两个主顾都告吹了。我望眼欲穿，像一个廉价的商品一样，等待着客人的光顾。蓦然间我看到了一个乞丐，心就跟着悲凉起来，感觉自己也在乞讨，向纸醉金迷的城市摊着卑微的双手。

那是个衣衫褴褛的乞丐，一个年近古稀的老人，骨瘦如柴，仿佛一阵风便能将他吹跑的样子。

在这个城市人潮涌动的街边，他和别的乞丐没有什么区别，一根拐棍和一只有缺口的碗便是全部家当。唯一不同的是，他的身旁放了一捆鲜艳的彩纸，他规规矩矩地坐在那里，一丝不苟地叠着什么。

我走上前去，发现他在叠一颗颗幸运星。让人不解的是，他在叠幸运星的时候有个很奇怪的动作，就是把叠好的幸运星放到胸口，然后虔诚地跪下，对着天空喃喃低语，仿佛许下了某种心愿。每叠完一颗幸运星，他都会如此，因为年纪大了，眼神也不太好，所以叠起来很费事，要老半天才能叠完一个，但他仍然在孜孜不倦地叠，乐此不疲的样子。

我向他的碗中放进去一枚硬币，老人便从怀中捧出了一颗幸运星，“年轻人，把这个给你，愿它为你带来好运。”见我犹豫，老人说，“收下吧，每一颗我都祈祷过的，上帝一定能看到我的诚心，会保佑你们这些善良的人。”

原来如此，老人虔诚地向天空下跪，就是为了向上帝讨好，以使他的幸运星沾染上幸运的灵光。我暗暗嘲笑他的傻，他虔诚的跪拜真的可以为他的幸运星镀上灵验的金边吗？不管怎么样，我还是把那颗幸运星握在了手中，放到了最贴心的口袋里。我们总不能拒绝一个老人善意的祝福。

因为很多人的心都僵硬了，所以他的乞讨并没有因为特别的乞讨方式而有所改观，但他没有改变他的方式，每个施舍者都得到了他那镀满虔诚祷告的幸运星。由于一次次的跪下，他的膝盖已经磨破了，有一丝丝的红开始向外渗透，宛如绝地上开出的一朵艳艳的花。

与此同时，一个西装革履的人路过他的跟前，虽然面色凝重，显得行色匆匆，但还是停下了脚步，不自觉地掏出钱夹，为穷苦的人掏出了自己的一份善心。同样，他也得到了老人的一颗幸运星和老人的祝福。他把它拿到手里，自嘲似地脱口而出，“你是说这颗幸运星很幸运吗？那么就让它保佑我在最短的时间内找到一个精通英语的人吧。”

听到了他的话，我走上前去。

“你是说，你需要一个懂英语的人吗？”我对他说。

“你的意思是，你可以为我们做临时翻译？”他疑惑又充满希望地看着我。

“Yes, I am skilled in English translation.”我用标准的英语自信满满地回应他。我们的手用力握到了一起。

我跟着他急匆匆来到一个商业洽谈会的会场，那里有几个外国人正在他的产品展览柜台前等他。我用娴熟的英语向外方介绍着他的产品。最后，外方签字了，我们完成了自他的公司成立以来数额最大的一单生意。我得到了我的报酬，2000元钱。他很高兴，拍着我的肩膀对我说，等我毕业了，他随时欢迎我来他的公司。

事情进展得出奇得顺利，一切都像上帝安排好的一样，让我怀疑自己身陷梦境。

我在最短的时间内把钱给父母汇了过去，父亲打电话来，还没来得及劝慰他，父亲在那头就已经兀自爽朗地笑了起来，他说，刚刚去邮局把钱取出来之后，就开始下雨了。“这可真是救命的及时雨啊。咱的庄稼还有救。”父亲激动地说。我竟有些呆愣了，是我带给父母的好运吗？

那么我的好运呢？我不自觉地摸了摸胸口的那颗幸运星。我永远无法忘记那个乞讨的老人脸上的那种虔诚，虔诚地为那些善良的人叠着一颗颗幸运星，然后放到胸口，虔诚地跪下，对着天空喃喃低语……

尽管现在行乞的骗子很多，而且为了博取众人的同情，玩起了各种各样的花招，但我相信这个老人是真诚的，他在真诚地为那些善良的人祈祷，所以感动了上帝，让那些幸运星有了灵性的吧。

我从来没有如此固执地相信幸运星的魔力，那颗幸运星始终在我最贴心的口袋里，在人生的路上，我相信，它将会带给我一次又一次幸福的闪电。

狄金森关上了门

有一天，我问一个人："如果一个人选择一种完全自闭的生活，他是不是会早早地枯萎？"

他和我说："也许是的，但对有些人是例外，比如诗人狄金森。"

狄金森在经历了几段感情挫折后，看透尘世，把自己与世界隔绝开来，如同一个女尼一般，常年幽居在一个偏僻的房院里。她的那些惊世骇俗的诗歌，都是在这样的环境里写出来的。

天下有几人，把孤独当成财富？狄金森算一个。

狄金森关上了门，独享孤独的盛宴，那孤独完整得如同一块蛋糕，没有掉下一块儿碎屑。

她躲在房间里，不停地自言自语，把以前的回忆磨了又磨，直到它们剩下棱角分明的几件。她像一个瞎子，对自己的房间了如指掌。

她坚信，越是黑暗的地方，离真相才会越近。

不再恨什么人，也不再爱什么人，她只爱她自己，和她的诗歌。

狄金森关上了门。她把世界关在了门外，不停地和死亡对话，因为死亡是她的另一个房间，是她的唯一如影随形的伙伴。

她望着月亮。她能从月亮里抽出绫罗，就像情窦初开的时候，能从爱人的心茧里抽出丝绸一样。

狄金森关上了门，是因为她不想看见漂泊在外的自己的影子。

她像个慢慢走近河水的人，越来越深的水顺着她的身体上升，直到把她完全淹没，随即，一个孤傲的灵魂浮出水面。

尼采也是孤独的，孤独的尼采思想和世人距离太远，所以他的作品无人欣赏，不能赢得世人的丝毫了解。对此，他说："孤独像条鲸鱼，吞噬着我。"这是尼采苍凉的呐喊，发自心底的叹息，但他也说："我的时代尚未到来，有些人要在死后才出生。"

库切也是孤独的。他只喜欢用文字诉说他对世情的观察，他与读者的沟通只限于作品。他不爱出风头，很少接受采访。三十多年来，他对外界关于他"孤僻""冷漠"和"反社会"等的指责，从来不屑一顾。他也曾说过："一生中，我一直颇成功地远离名气。"

马尔克斯也是孤独的，他在《百年孤独》里所创造的马孔多小镇，就是一个浓缩的世界，纷繁复杂、光怪陆离。沉默到极致爆发出呐喊，而琐碎之中折射出其中简单到惨白的孤独。"他们透过窗户，看见无数小黄花如细雨般缤纷飘落，花雨在镇上落了一整夜。这寂静的风暴覆盖了屋顶，堵住了房门，令露宿的动物窒息而死。如此多的花朵从天而降，天亮时大街小巷都覆上了一层绵密的花毯……"

多少人都是害怕孤独的，唯有那些高贵的灵魂，却把孤独当成了盐，当成了钙，当成了维生素，令他们持续着灵魂的健康和伟大。

狄金森关上了门，尼采放下帘帷，马尔克斯合紧窗子，库切熄了灯……他们退居到自己的内心，那里干净、清爽，无一丝恼人的尘屑，伟大的孤独如同缓慢升起的月亮，他们在那纯白的骨头里压榨着稀有的骨髓，用来供给他们余生的所有营养。

当热情的矛遇到冷漠的盾

春天的花蕾和冬天的枯草一起组成了世界，它们是一体的。

你忽而喜欢热情的摇滚，忽而喜欢安静的古典乐。你的心一会儿年轻，一会儿衰老。

你关注形形色色的脸，愉快的、欢笑的、兴奋的、悲伤的、痛苦的、麻木的、淡然的……却总是不关心自己脸上的表情。

冷静分析一段感情可能带来的利弊，又无法自拔，狂热地沉溺着、纠缠着。

你是雷电，又是避雷针，守着一份无法牺牲，却又无法保护的爱。

女人们是喜欢流泪的动物，看一部带点煽情意味的家庭剧，大概要用上多半打纸抽——她是多么理解那些做婆婆的苦楚啊。等她们从剧情里出来，则换成了另外一种样子，和闺蜜们聚在一起，最大的谈资，依然是婆婆们的种种不是。

结婚纪念日，你想着早点回家给爱人一个惊喜，却在下班途中被人叫走，赶赴一个饭局，走得从容不迫，甚至没有一丝挣扎的犹疑；定好的周末回家陪父母一起吃饭，却在父母准备好一桌子饭菜的时候打电话说在加班，回不去了，而实际情况是你在陪领导钓鱼。

在公交车站等车的时候，希望所有的车路过都能停靠，好不容易挤上车之后，希望车子在你到达目的地之前不要再停下来。

给自己找无数的理由给灵魂松绑，却又在最后关头勒紧缰绳。

这一刻疯狂地想要融入，下一刻又疯狂地想要逃避。

和朋友玩得风生水起，却常常是独自一人和世界相伴着醒来睡去。有时觉得自己天生适合独处，有时即使在人群中都会感到彻骨的孤独。越是有想法的人，便会越容易有寂寞感。

一面喜欢雪花，一面又惧怕寒冷；一面喜欢着诗歌，一面又厌恶着诗人。

每个男人都认为自己是怀才不遇的千里马，却又不肯去伯乐途经的路上忍受一会儿烈日的暴晒；每个女人都觉得自己很有市场，却又迟迟不肯“推销”自己，致使多年以后，被称为“剩女”；每个胖子都相信自己瘦下来后是个美人，可是仍旧不肯少吃一口眼前的美食；每个人，都被想象中的人生鼓舞，又对现实里的自己失望。

喜欢小猫小狗，可是真的养在家里，又嫌它们脏，急着送了人。

清清楚楚地知道那些遥不可及的不可能，偏偏有无数的人愿意去做“白日梦”。

赞叹日出那动人心魄的美，却又贪恋被窝里的那一点暖，不肯身临其境，朝觐太阳的分娩。

乐观主义者就像一只只趾高气扬的公鸡，每一个都以为太阳是它叫出来的；悲观主义者就像一只只唉声叹气的壁虎，每一次断了尾巴都以为到了世界末日。

唠叨是最无用的教育方式，可是女人们依然乐此不疲地将它泼洒在男人和孩子身上。

看过了太多的骗局，却又会轻易相信一个陌生人；质疑一切所见所闻，却又轻易屈服于无从追溯由来的信仰；质疑内心，又屈从于内心。

一面仇富，一面拜金；一面声讨贪污，一面嘲笑清贫。

一面高谈着惩恶扬善，一面在歹徒的刀刃前低下头颅；一面标榜着嫉恶如仇，一面在少女的呼救声里逃之夭夭。

我告诉自己，要写一封情书，给爱人，给自己，给这个世界。还没写一个字，钢笔里的墨水就干了——正如人生一样，经不起等待。

陀思妥耶夫斯基说，“魔鬼同上帝在进行斗争，而斗争的战场就是人心。”

是啊，一个人看似平静，内心却锣鼓喧天。大到善与恶，小到热爱与冷漠，没有一刻停止过争斗。

热情的矛遇到冷漠的盾，这本就是一个矛盾的世界！但我相信，总有一天，锐利的矛会刺破那看似坚不可摧的盾。

窗帘里藏着深深的海

我始终不明白那家新搬来的住户为什么总是遮着窗帘，不明白那窗帘里裹着一颗怎样伤感的心。

终于有机会去摁响那个门铃。门开了，眼前立着一位憔悴的女人，穿着一袭蓝色衣裙，手里握着厚厚的一本书，样子古典而优雅，似乎离这个时代很久远。

"对不起，我是居委会的，我们要对新来的住户进行登记。"

她把我让进屋里，或许是因为太久没有阳光的照入吧，屋子里有些发霉的味道。在客厅那个雪白的墙上，我看见了一张大大的男人的照片，用黑色的框镶着。我忽然间明白了，这大概就是阳光照不进来的原因吧。

外面没有一丝风，那浅蓝色的窗帘，像沉寂下来的海，平静得让人窒息。

走的时候，我故意借了一本书。

第二次我摁响那门铃的理由便是还书。这次，我们谈到了那个黑色相框里的男人。我陷进一个爱情的悲剧里，并且随着剧情潮起潮落。

男人是个海军，常年在外，一年唯一的一次探亲假就成了他们的蜜月。每次分离，都仿佛是一块肉被生生地拽开，两块都滴着血。最后那次分手时他说："明年是我们结婚五周年纪念日，我要多攒几个假日回来陪你。"

男人的假日是这样攒下来的：在一次海军演习中，他表现出色，获得首长的嘉奖。颁奖的时候，他红着脸对首长说："能不能把所有的奖励换成几天假期？"首长笑了："那就给你十天假期。"还有一次他发表的关于海军作战方面的论文引起专家关注，在接受奖励时他又提出了同样的请求。他在信中忍不住兴奋地向她汇报，"算上探亲假的三十天，我一共积攒了六十天假期，整整两个月啊……"

她热切地盼着他的归来，但他没有回来，在一次远航中，他们遇上了风暴，他带着对她的思念和那六十天假日，永远地漂流在大海上。

他远在天国，被隔在尘世的另一端。

而她日日夜夜不知疲倦地在记忆中赶路，不知疲倦地在记忆里放出风筝，甩出长长的线，可以触及到云朵，触及到天堂，她想用它带回他的消息。

落下那重重的海一样的窗帘，就是落下了她重重的心的栅栏。

这时我明白了，为什么这里的床是蓝色的，地板是蓝色的，壁纸是蓝色的，窗帘是蓝色的，因为她是蓝色的，她的记忆是蓝色的，她的心里只有海。

第三次去还书的时候，我顺便带了一簇湛蓝的矢车菊。

"真美。"她说道，哀怨的眼神里闪过一丝欣悦，那是人性中对生命本能的热爱，不管你身处怎样黑暗的角落，内心总会有一个缝隙，容阳光穿过，容爱穿过。

"外面有很多很多比这更漂亮的花，可你知道这些花都是从哪里采来的吗？"我给她讲了自己身边的一个真人真事。

那是一个老人为了纪念他的老伴，在墓地旁的一片空地上种的，现在那里是一片花的海洋。老人的爱人生前最喜欢的就是花，他觉得只有花能替他捎去一份刻骨的思念。他每天徜徉在花的海洋中，回忆他们没有走到头的一生。老伴在地下，他在地上，但这些花就是他们之间的交流，一朵花落了，他就认定是老伴累了，要睡一会儿。一朵花争先恐后地绽放，他就认定是老伴醒了，要和他聊天了，他就坐下来，把老伴生前津津乐道的话题一遍遍地重复着，像那些老情歌和褪了色的照片，慢慢释放着从不曾枯竭的温柔之水……

我看到她的眼睛里有闪亮的东西在滚动。我将矢车菊放到那个男人的遗像前，并开始想象她荒芜的心灵上生出的几朵灿烂的小花，让她在悲伤的谷底仍能看到生存的美丽。

那天我们谈了很久，阳光在窗外记录着一切，记录着那些来自心灵的疼痛的碎片。

我告诉她不应该居住在幸福的背面，要回到生活的前面来，像温柔的磁带，从忧伤的背面慢慢回放，回放到阳光明媚的早晨，回放到布满草莓的春天。

“谢谢你，”她说，“带我去看看那个老人的花园吧，我想知道他和他的老伴是怎样传递感情的。”

我们来到了那个花园，看到了燃烧的花朵，触摸到满地的阳光，老人忙碌的身影上重叠着温馨的旧日时光。

老人很热情地招呼我们坐下来，我们就无比贪婪地在阳光下嗅着醉人的花香。老人说，今天早晨，他发现花园里少了几束矢车菊，在矢车菊丢失的地方留着一张纸条和100元钱，纸条上的留言是：

请原谅没有和您打招呼就采了您的鲜花，我要用这几束鲜花去挽救一个生活在海水里的忧伤的姑娘。

蓦然间，她明白了我的良苦用心，她知道她与眼前的这位老人有着相似的经历和相同的思念，但他们表达哀思的方式是不一样的，一个沉溺在悲伤的海水里，一个燃烧在激情的花丛中。

第四次去还书的时候，我看到了那些窗帘静静地躲到了一旁，像做了错事的孩子，而阳光却大摇大摆地闯了进来，把屋子里的阴霾一扫而光。我看到墙壁上他的照片，换上了阳光一样颜色的相框。

“既然他永远在我心里活着，那就让他活得灿烂一些，美丽一些吧。”她说。

有风从窗缝里溜进来，吹动那已收拢起来的海一样的窗帘，一起一伏，如同翻卷着一份轻轻柔柔的心事。在那里，我看到了海水，看到了海水里深沉的爱。

我又要告辞了，顺手拿起一本书，她却阻止了我，“来看朋友不需要理由。”

我长长地舒了一口气，为阳光下将要重现的一枝玫瑰。

走出她的屋子，我暗下决心：一定要为她拉开那道沉重的窗帘，让阳光重新点亮她的眼睛，让月光洗去她长发里的哀怨。

我要把我所领略过的快乐全部栽种在她的窗前，让那枝祝福的藤缀着几朵快乐的花瓣，慢慢爬进她的窗子，告诉她外面的消息，告诉她窗外有鸽子在飞，窗外有更多的玫瑰在燃烧……

累了，就睡在风里

她梦想着成为一只鸟，梦想着和那些云朵为伴，梦想着去天空那座大房子里徜徉……她为自己的梦想不停地祈求，每时每刻都在祷告。

上帝终于被她感动，应了她的祈求。上帝说：“我可以将你变成一只鸟，但是你必须丢弃你的双脚。”她毫不犹豫地答应了。从此，她变成了一只没有脚的鸟，一直飞啊飞。

她快乐地起飞了，风在她的翅膀下喋喋不休，风带走了她生命中所有悲伤的消息，包括那一场令她轻视的恋情。

她说，只有飞翔，才有快乐。风会为她把所有的花香都聚集到一起，她陶醉在风里，感动得想哭。

终于飞到了云朵身边，可是她突然发现，那些云朵不过是一些水雾，她穿过去，雾水还会把她全身淋湿。她有些失望，天空是什么呢？天空没有顶，不是她想象中的大房子，她永远也摸不到天花板，高的上面还有更高。

同时淋湿的还有一颗心。她第一次审视自己，她想，她飞到天空，最终要寻找什么呢？

她飞得太高，渐渐再也闻不到花香，闻不到泥土和尘埃的气息。

云朵上有她的梦想，她却怎么也抓不到手里。她开始怀念地面，但是她却再也不能落下。

没有脚的鸟，飞啊飞，累了就睡在风里。死的时候，她说她终于望到了天堂。她留下一根羽毛，对着那根羽毛说，别再想着飞翔，落到地上，贴着地面，去体会一下尘埃里的幸福吧。

是啊，尘埃里也有幸福。那是她临终前的悔悟。她想卸下翅膀，换回她的双脚。她只想用她的双脚，沾一下亲切的泥土。

如果梦想太高，那梦想就成了冷冷的月亮。人世间，有些东西，你千辛万苦寻找到它，也正是你要失去它的时候。

没有脚的鸟，便是丢了根的人。他们只想到高处的梦想，却忽略了身边的幸福。

冬天的儿子，春天的心

家里的小狗下崽儿的时候，妻子从垃圾堆边上的一个破棚子里拣了一件脏兮兮的羽绒服回来，要给小狗蓄个暖暖的窝。女儿知道以后，非要我们把那件羽绒服放到原来的地方，她说那是冬子的衣服，没了它，他的冬天就没法过了。

说过之后，女儿才伤感地想起，在冬天的门槛前，冬子已经死了。

冬子是一个先天性智障患者，二十几岁的人了，却只有五六岁孩童的智商。他的家人似乎对他失去了耐性，对他不管不顾，任由他天马行空四处奔走。正如他的名字，冬子，冬天的儿子。但他不知道悲苦，乐得逍遥，除非饿得迫不得已，常常索性连家都不回，就到垃圾堆旁的那个破棚子里去住。我们猜想，他的家人巴不得他走丢吧，也算了却了一份心债。

女儿每天在上学的路上都会遇到他。刚开始的时候，女儿有些怕，可是时间久了，发现他一点都不可怕。女儿经常把自己的零食分给他吃，冬子对女儿也很好，每天屁颠屁颠地跟在她后面，“护送”女儿上学。有一次，不知道从哪里窜出来的一条大狗，奔着女儿冲来，女儿吓得哇哇大哭。冬子一个箭步冲了过去，把狗吓跑了。或许是因为女儿是个孩子的缘故吧，他们之间的友谊竟然那么长时间地持续着。

冬子喜欢学校。从他的眼神中可以感应到，他内心是多么渴望和那些孩子们在一起，因为他的心永远长不大，他永远只能是个孩子。

每次看到女儿走进校园，冬子就会扒在校园门口的栏杆上，向里面羡慕地张望，往往在那里一站就是一天，直到学生们放学。

在学生们做早操的时候，冬子总是会在学校门前，照着他们的样子跟着做，很滑稽，常常惹来旁人的嘲笑。

学生放学的时候，冬子也会跟在学生的后面。如果哪个女生的衣服鲜艳，他还会好奇地去拽人家的衣襟，常常惹得那些女生们尖叫声此起彼伏。有一些爱出头的男生，就会跑过来狠狠揍他一顿。可他就像不知道疼似的，不管怎么样，第二天还是会照样跟在那些学生们的屁股后面，仿佛一切都没有发生。

有一天，他在校园外面跟着里面的学生们做早操，被校长看到了，那种痴迷让校长有些心酸，就破例把他唤了进来，让他跟着队列后面一起做早操。看到他笨拙的姿势，同学们大声哄笑着，他也不觉得难堪，反而认为那是对他友好的欢迎，做得更起劲了。同学们进了班级上课，他就一个人在操场上，继续他的“表演”，乐此不疲。

时间久了，学生们对他习以为常，都和我的女儿一样，不再欺负他了，有什么好吃的零食自然也会分给他一些。而对于他偶尔淘淘气，踩了校园里的草坪或者摘了花池里的花，老师们也都见怪不怪，睁只眼闭只眼，不大去管他。

谁也没有想到，他的快乐是如此短暂。一件意外的事件，使他的“幸福生活”戛然而止。

那天，学生们放学后，一帮社会上的小混混拦住了一个漂亮的小女生，非要领着去酒吧喝酒。小女生大声地喊救命，可是没有人敢出面阻拦。小混混们胆子更大了，在大街上撕扯着小女生的衣服。这个时候，谁都没有想到，是冬子冲了上去，把自己挡在小女生和那帮混混之间，像一堵墙一样。“嘿，这个傻子也知道英雄救美啊。”小混混们嘲笑着他，毫不留情地对他拳打脚踢。任凭别人怎么打他，他都死死护着那个小女生。小混混们打急眼了，动了刀子，活活在他的肚皮上捅了五刀，直到学生们喊来了老师，他们才逃之夭夭。

那天刚刚入冬，地面上结了冰，很冷很冷。冬子死了，冬天的儿子没能迈过冬天的门槛。

女儿的学校为他开了一个小型的追悼会。校长含着眼泪说，虽然他的身体已经长大成人，但他的心始终是个孩子，可怜的、没有书读的孩子；他的表面脏兮兮的，心却干干净净；他是冬天的儿子，却有一颗春天的心。

冬子的妈妈呼天抢地，哭得让人肝肠寸断。她后悔没有给他幸福快乐的生活，她更没有想到，她的傻儿子竟然能够得到那么多人的尊重。

春天的心——这是我听到的对一个智障患者最贴切、最美好的评价。春天的心里，包藏着多少美妙的事物啊，阳光、露珠、一尘不染的爱的世界……

从那以后，女儿的学校里，不管是哪个班级做早操，都会在第一排很自觉地留出一个空位置来，仿佛于他们的心灵深处挖了一个储藏室，储藏起一份良知。

他们都知道，那里永远有一个活着的灵魂，如影随形，笨拙而可爱地跟着他们翩翩起舞。

“3·15”的爱情不打折

男人过日子很仔细，妻子说要买件大衣，他说再等几天吧，马上就到“3·15”了，那天的东西打折，可以省很多钱呢。

又是打折！女人厌倦了这个小气男人，觉得他不配做个男人。

其实刚开始处对象的时候，女人就发现了男人有点小气的毛病，可是她觉得这不算什么大毛病。没想到结婚之后，男人的这个毛病不但没改，反而变本加厉了。

只要买稍微贵一点的东西，他都要选择过年过节的时候买，就为了能省点钱。

“打折”一度成了他的口头禅。买东西的时候，他甚至比女人还会砍价，让人怀疑他骨子里是不是有女人的成分。

女人常常把他和隔壁的那个男人比。

“你看看人家，每天大包小包地给媳妇儿买东西。你看看人家媳妇儿穿的戴的，哪样不是名牌？再看看你老婆我吧，自从嫁给你，变成土包子一个了。穿啥都是打折的。我看啊，咱这日子也要打折了。”女人懊恼地说。

男人就开始哄他的女人。他知道，他的女人刀子嘴豆腐心，除了喜欢唠唠叨叨的，别的毛病没有。他对他们的感情很有信心。

女人的心，却渐渐有些凉了。她开始怀疑，他给她的爱也是打折的吧，这样的婚姻还值不值得她去守护？

“等什么‘3·15’，我现在就要买。”有了这样的心思，她便开始处处与他作对。你不是小气吗？我偏偏去买名牌。你不是喜欢打折吗？我偏偏去高档的、不打折的专卖店。那些日子，钱从她的手里哗哗地往外跑，她看见他的额头直冒冷汗。

“咋了，心疼钱了？”每每此时，她还不忘奚落他。

他嘴上却装作很硬气。“说啥呢，给媳妇儿花钱，咱不打嗙儿。”

她神采奕奕地穿着新买的衣服去上班，换来同事们的一片啧啧赞叹。

“3·15”后的第二天，她的一个同事穿了一件和她一模一样的衣服来上班，一问价钱，整整比她那件便宜了500元，她懊恼得很。

500元，对于她这个小职员来说，也不是个小数目。她开始想她的那个小气男人。这些年，他们的收入不多，但日子过得井井有条，这多亏了他的精打细算呢。他常说，挣不来大钱，就仔细点花，咱照样可以把日子过得滋润。

回到家，她有些内疚地和他说，“听你的好了，可以省下500元。”他笑着说，“花钱买教训呗，‘3·15’的商品质量有保证，价格还打折，等那么几天，就可以省下500元，这不是很划算吗？”

她在心里应承着，看来过日子，还得听这个小气男人的。

“还有让你惊讶的事呢！你羡慕的隔壁那个大方的男人有了小三，和老婆离婚了。”男人一脸坏笑地看着她。

这真是她始料未及的，看来做人也不能太大方，大方到可以把自己的老婆孩子都扔掉不管了。

她和他开玩笑说，以后你再这么小气，我也找情人去，跟你离婚。

他做了个鬼脸，说行，不过等几天吧，没准儿哪天离婚登记处的收费也有打折呢!

她的小拳头就雨点般捶打上了他的脊背，他抱头鼠窜，直喊求饶。

女人知道，“3 · 15”的商品虽然打折，但她的爱情没有打折。

“3 · 15”，她给自己的婚姻进行了质量鉴定：质地优良、价格合理。

从最后一道题开始做起

在年底评选“办案能手”的时候，我又一次无可争议地摘取桂冠。这已经是我连续五年获此殊荣了。在单位里，人人都知道我是最忙的，却也是把工作打理得井井有条的那一个。我办的案子最多，工作也最有效率，忙得一头汗水的同事向我取经，我说这一切都是因为小时候考试怯场造成的。在同事惊愕的表情里，我为他讲了自己“从最后一道题开始做起”的故事。

上小学的时候，每次考试都会怯场。考场的那种严肃的气氛让双手不自觉地就不好使了，脑子里一片空白，害得自己总是答不完试卷。本来平时学习挺好的，结果却总是考试考得很不理想，甚至不及格。一个学生学得好坏，毕竟要靠考试来检验的，学得再好，考试不过关，一切就等于零。因为怯场，我吃尽了苦头。

我和老师说起自己的苦衷。老师教了我一个办法，他说，下次考试的时候，你从最后一道题开始做起，因为后面的题总是最重要的，分值也多，即使你最后没有做完，剩下的也是前面的填空之类的小题，扣的分数也不至于那么多。这个办法还真管用，我在以后的考试中，都用了这个办法，考试成绩上来了，而且一点一点改掉了这个怯场的毛病。

从最后一道题开始做起，老师的意思是让我挑那些重要的题先做。现在想想，老师教会我的不仅仅是答题的技巧，更是一种做人的态度。人生不也是这样吗？人活一世，有许多重要的事情等着你去做，你可以先把别的无关紧要的事情放一下，转而从那些重要的事情开始做起，那样你的人生，一定会交出一份令人满意的答卷。

事实证明，“从最后一道题开始做起”这个理念在我的人生经历中给予了我很多帮助。每当繁杂的工作压过来的时候，我不是盲目想到什么做什么，而是冷静地坐下来，仔细地将它们分门别类，挑出最重要的先去做。

人生有太多繁杂的目标，人人手里都应该有个“分拣器”，把轻重缓急的目标做一个梳理，科学地去规划。最后，你会梳理出你的“最后一道题”，先把它做完，然后回过头来，继续分拣。依次类推，人生的难题自会迎刃而解，逐个击破。

在我所办理的案件中，有很多是因为那些鸡毛蒜皮的小事所引起的民事纠纷，因为双方都不肯让步，有些案子很难调解，一拖就是好几年，害得双方半辈子没有消停过，人也老了，什么事业也没有做成，变成庸庸碌碌、婆婆妈妈的小男人或小女人。究其原因，就是他们没有选择人生最重要的题，而是选了无关紧要的题先做，从而让那些无意义的事情拖累了自己。

人生的试卷上也有很多问题，这些问题有轻有重，寄予着人生的种种思考。等你把最重要的问题答完了，再回过头去，定会有一种“一览众山小”的感觉。这个时候你会发现，那些曾经所谓的“难题”，不过是被你踩在脚下的一块块石头。

人生有限，在有限的时间里，你要先挑那些重要的事情去做。只有有效安排了你的人生，才会使你的人生波澜壮阔、蔚为壮观。

选择是一副祖传的老花镜

《阿甘正传》里的阿甘是一个身上有着先天性残疾的人，因为智商只有75而不得不被送进特殊学校。但他一直听着妈妈的教诲，从不放弃自己。他从一个橄榄球健将，到一名越战英雄，到虾船船长，到最后，他以先天性有残缺的身躯跑遍了整个美国！他达到了许多智力健全的人也许永远也不可能企及的高度。

一个正常的人，拥有判断能力，他知道什么是重要的，什么是不重要的。一个正常的人，可以有很多选择，所以总是在等待时机。一个正常的人，不会把精力浪费在没有用的地方。但阿甘偏偏不是个正常人，他的智商比普通人低，他甚至差点就进了智障学校。女朋友、学校球队、部队、乒乓、跑步，似乎他的一切都不是自己在选择，而是别人在选择。当然，他也不会去问“人生是什么”之类的问题，他只会傻傻地去做一件件的事情。

阿甘的故事让我懂得一个道理：选择很可能误导人生。因为选择太多，有的人没有用心地做事，这种态度进一步影响了他的人生。面对人生，或许应该有这种准备：“人生就像一盒巧克力，你永远不知道下一颗是什么味道。”

那么，顺其自然就好。让一颗心平平稳稳地行走在没有预先设计好的轨道上，那是一片全新的天地。

你的一生都在选择中度过，最终，却无从选择。

琳琅满目的商品，只会使你眼花缭乱，本来看好的，拿在手里的一双鞋，却被妻子的一句“再走走，没准有更好的”而放下，结果最后是“掰了苞米丢了西瓜”。

百花娇艳，一朵就够；绿叶葳蕤，一片足矣。

太阳每天都是新的，人生每天都是特别的日子。有的人，拼命攫取着，总想更多，以备不时之需，总想比别人更多更好，攀比着、奔跑着，其实，生命是有限的、脆弱的。大厦千间，夜眠八尺，人，有时真的无须太多。

选择是一副祖传的老花镜，只会让你的人生轮廓更加模糊。选择题是一个人一生要做得最多的题，不论单选还是多选，都是贪婪之心在作怪。

生命，其实很简单，无须太多选择。弱水三千，只取一瓢饮，足矣。

那一滴挤疼了大海的眼泪

一滴水，无法挤疼大海，一滴眼泪，却会！

有一次，母亲在午睡时做了一个梦，梦到我掉进了井里，旁边一大帮人，却没有人去救。母亲赶到了，毫不犹豫地跳进去救我。她隐隐地听到人们说："只有当妈的才能这样啊，把孩子救上来，自己却死过去了。"

母亲在睡梦中惊醒，她感到这个梦很不吉利，眼皮也不停地跳。她担心我会发生什么事情，心急如焚地给我打电话，可是我在午睡的时候有关机的习惯，母亲就一遍一遍地打，一直打了两个小时，我才开机。

电话通了的时候，母亲在那边孩子一样大哭了起来。听完母亲诉说的那个梦，我深深地自责起来。对于母亲来说，无法和孩子联系的这两个小时，是多么漫长。

母亲叮嘱我最近要多注意点儿安全，又一再地安慰我，说梦都是反的，梦见灾难就证明平安，没事的。

这就是母爱吧，她宁愿相信一个不真实的梦，并陷进自己假设的劫难里，难以自拔。

从那以后，我不再轻易关机，因为我怕母亲再做那样可怕的梦。

那一声“惊天动地”的哭泣，着实把我吓了一跳，我分明看到了在哭泣声后尾随而来的那滴眼泪，浑浊、咸涩，却又那么晶莹、甘甜。

看过一篇文章，说一个失去老伴的父亲，内心充满了悲伤，可是他又不得不在儿女们面前装出笑脸，免得让孩子们替他担心。后来，儿女们发现父亲喜欢上了吃洋葱，他总是一个人在厨房里默默地剥洋葱，眼里满是泪水。孩子们问起的时候，他说是洋葱太辣。其实他是在找一个借口流泪，给心底的悲伤找一个流淌的出口。

有一种男人，宁可忍耐野火把心烧焦，也不会让火星溅到爱人的发梢；有一种男人，心里藏着一个重洋，流出来的，却只有一颗泪珠！

我的父亲也是个刚强的父亲，我见过他唯一的一次流泪也是因为我。

那个秋天，我被一个发了疯的酒鬼连刺了四刀，多亏好心的邻居相救，才得以保住性命。在重症监护室里三天三夜昏迷不醒，醒来第一眼，我就看到了父亲。而当看到我终于醒来，父亲的一滴泪重重地砸到我的脸上，继而转身向外狂奔，语无伦次地对亲人们喊着：“孩儿醒了，孩儿醒了……”

后来我才知道，当听说了我的遭遇，正在田地里干活儿的父亲风尘仆仆地从老家赶来，竟然连衣服都没来得及换，上面满是泥点子和汗渍的酸味。母亲哭了一道儿，他训斥了一道儿，“你嚎丧个啥儿，儿子没事儿也被你嚎出事儿了。”话虽如此说，心里早已七上八下地没了谱儿。

父亲，这个刚强了一辈子的汉子，天灾令他颗粒无收时没流过一滴泪，上山砍伐木头被大树压断了腿时没流过一滴泪，听说我出事儿时没流过一滴泪……在确认我醒了，重新活了过来的时候，终于哭了一次。那一滴砸在我脸上的泪水里面，蓄着父亲满满六十多年的沧桑。

现代舞之母邓肯的一生充满了太多的悲凉，一天之内，她的一双儿女就被汽车送葬于莱茵河中。她在自传里悲伤地写道：“在人的一生中，母亲的哭声只有两次是听不到的——一次在出生前，一次在死亡后。当我握着他们冰凉的小手时，他们却再也不会握我的手了。我哭了，这哭声与生他们时的哭声一模一样，一个是极度喜悦时的哭声，一个是极度悲伤时的哭声，为什么会一样呢？我不知道为什么，可我清楚这哭声真的是一样的。在茫茫人世间，是不是只有一种伟大的哭声，孕育生命的母亲的哭声，既能包含忧伤、伤痛，又能包含欢乐、狂喜呢？”

一滴水，无法挤疼大海，一滴眼泪，却会！

因为那一滴滴眼泪里面蕴藏着无穷无尽的情感的风暴。

第六辑　当花朵有了翅膀

我始终坚持一个信念，就算忙得不可开交，也要尽量去做一个快乐积极的陀螺，一个冒着热气儿的陀螺，用自己热情旋转的舞步，把身边的冷风都卷动起来，成为一股股爱的热浪。

身边的水凉不可怕，耳畔的风冷也不可怕，只要你是热的，那水、那风都会跟着一点一点暖过来。

——《冒着热气儿的陀螺》

母亲的风景

母亲的糖尿病越来越严重，导致她的视力迅速下降。我们做了种种努力，去了很多医院都无济于事。看到我们愁容满面，母亲竟主动开导起我们来，“就算看不见东西了也没啥，不耽误吃不耽误喝的，而且还少看到你们毛手毛脚的，也就省了我的唠唠叨叨，还不好啊！”我们苦笑，我们都习惯了她的唠唠叨叨，从最初的厌烦到后来的接受，再到如今的眷恋，母亲的唠叨已成了我们灵魂里的音乐，不敢想象，如果有一天她不再唠叨，我们的生命将会失去多少可爱的音符。

哥哥姐姐们商量着要带母亲去旅游，只想让她在失明之前看看更多美丽的风景，为她的记忆里添加更多的东西。那样，她的记忆里总不至于那么枯燥吧。我主动提出领着母亲去，因为平时太忙，数我陪母亲的时间最少，而且兄弟姐妹当中，母亲尤其是最偏爱我的。

我把工作安排好，请了两个月的长假，准备陪母亲去游览祖国的大好河山。母亲自然是欣喜万分，不住嘴地唠叨起来：“你平时那么忙，这怎么说请假就请了这么长的假呢，快和妈说说，是不是工作不顺心了？”

“再忙也没有陪妈妈重要。”从小就嘴甜的我总能哄妈妈高兴。

我们大包小裹地上路了，一路上，因为母亲眼神不好，照顾起来十分不便，但我仍然很快乐。母亲看我忙里忙外的，很是内疚，在车上尽量不喝水，因为怕上厕所。

北京、西藏、云南……两个月里，我带着母亲去了很多地方，母亲每到一个风景胜地，都如饥似渴地睁大已经有些模糊的眼睛使劲地看着，摆出一副要把整个世界都看进眼里的架势。我则不停地为她拍照，母亲在每一个镜头里都笑靥如花。

那一刻，我感觉母亲年轻了许多，脸颊上仿佛镀着少女的红晕。

每次回到旅店，母亲都要从头开始，一点一点把当天看到的风景在脑海里过一遍。

“知足了，一辈子都没看过这么好的风景。”她喃喃地说。

母亲多容易满足啊，我心生内疚，平日里忙来忙去，总是抽不出时间陪母亲看看风景，而现在，母亲的眼睛累了，就要关紧这扇窗户了。

路走多了，母亲的腿肿胀得难受，我为她打来热水泡脚，一边为她按摩，一边兴致勃勃地计划着下一步要去哪里。母亲听着听着就睡着了，我不知道，自己这样的强迫算不算一种不孝，因为这样的奔波实在让母亲有些吃不消。

这就好比是强行往母亲的脑海里塞一些回忆的碎片，这到底有没有意义呢？

我也累了，很快就睡着了。迷迷糊糊中做了很多梦，梦见了小时候，手握着风车，和母亲一起在田野里飞奔，母亲把我高高地托起，转着圈儿，阳光被卷进风车里，一朵朵阳光像棉花糖，温暖甜蜜得让人晕眩……我不由得在梦中吃吃地笑出声来，蒙眬中感觉到一双手被暖暖地握着。是母亲，安静地坐在我的床边，我偷偷地把眼睛眯个小缝儿，看见母亲使劲地睁大着眼睛，定定地看我，仿佛要把我整个地印进心里去。想起儿时，母亲也是习惯这样看我的啊，那时候经常停电，母亲总是拿着蜡烛，到我床边来，总是要认真地看我一会儿，直到我睡着，在梦的波浪里卷起幸福的鼾声。

我的眼泪不由得就流了出来，在母亲眼里，自己的孩子才是世界上最美的风景啊，可以令她美滋滋地，一生都看不够。

我忍着不让母亲看到我醒来，我喜欢被她的手握着，这双沟壑丛生、粗糙干硬的手，牵引的却是我柔暖光滑的一生！

第二天，我们养足了精神，接着去看风景。在半山腰，我们坐下来，我问母亲今天的风景好不好，母亲说："孩子啊，就算妈看遍了天底下的风景，也不如看你啊！只要有你在，哪里都是好风景。"

是啊，这就是母亲，她看到的哪里是什么风景，她看到的全是自己的孩子。当你牵着她的手，就像小时候她牵你的手一样。她知道她得乖乖地听话，她不能辜负了你的这份孝心。

这就是母亲，就算摸索在黑暗的谷底，也会有力地握着孩子的手。如果我觉得寒冷，她宁可敲碎自己的骨头，为我燃起一堆大火，为我取暖。

我知道，从一出生开始，我们就已深深地烙印在母亲的生命里，即便母亲失明了，儿女们也是她时时可以见到的风景。

原来，母亲的记忆从来就不需要填充，因为孩子们早已将那里占得满满的，不留一丝缝隙。

生活的正面和背面

老乡来的时候，我的公司正处于风雨飘摇的生存状态。我的一个曾经所谓的好朋友买通了我的财务主管，正在通过一些不道德的手段恶意收购我的公司。我被他们搞得焦头烂额，疲惫像密不透风的墙，挤压得人有些透不过气来。

我是家乡人眼中的骄傲，所以每次有老乡来，我都会邀请他们到家里来，其实都是虚荣心在作怪，不过是想向他们炫耀一下自己的豪宅——这穷人眼里的天堂罢了。老乡是个有些木讷的人，吞吞吐吐地说着一些莫名其妙的话，脸上还不时泛起潮红。我知道老乡是个十分好面子的人，猜想这次一定是有难言之隐来求我帮忙的。果然，两杯酒下肚，老乡便不再那么木讷了。他说明了来意，想向我借点钱回家盖蔬菜大棚。其间，他以自嘲的方式给我讲了他的一些曲折的经历。

老乡是个倒霉的人。两年前他外出打工，在建筑工地当力工，每顿饭都是两个馒头一碗汤，几个月下来，整个人瘦了一圈。就在要完工的时候，他不小心从二十多米高的跳板上掉下来，幸好被下边的跳板挡住了，不然定摔个粉身碎骨。

他的腿骨折了，躺在医院里，工友给他的妻子打了电话，可迟迟不见妻子来。一个月之后，他拄着拐杖来到工地，向工头索要工资。工头欺负他老实，说他住院的一个月，花费了很多钱，要从工资里扣除，最后他只拿到了很少的钱。

回到家的时候才知道，他的老婆跟一个有钱人跑了。

这是一个被命运戏弄的人，一个走在生活背面的人，一个在生命中不停地经历雪天的人。他什么都没有了，只剩下一条瘸了的腿和一根拐杖。那一刻，他瘫倒在地上，生活仿佛一下子就走到了尽头。但不久他就清醒了过来，他想到自己的孩子和上了年纪的父母，他们还需要他。而且更重要的是他觉得，一个男人，如果倒下便没有了尊严。

所有人都以为他会找他老婆和那个男人算账，但他没有，并不是他懦弱，而是他觉得，有些东西失去了就无法再追回来，像感情。而有些东西，失去了还可以找回来，像尊严，像那些被劫匪抢走的钱财。

他从体弱多病的父母那里接回来自己刚刚五岁的孩子，拄着拐杖开始收拾自己破烂的家。他从亲戚那里凑了些钱，盖了猪圈，买了几只猪崽，养了好多家禽。他每天起早贪黑地饲养它们，因为那是他唯一的希望。

可是他似乎注定了要奔波在生活的背面，先是他的猪，不知道是什么原因怎么喂也长不大，然后是他的家禽们，正赶上流行“禽流感”，不管是禽肉还是蛋，都卖不出去。他的头发在那一夜白了许多，那可是他全部的希望啊，他还要指望它们供孩子上学，指望它们给生病的父母买药呢！

或许这就是他的命吧，不管他躲到哪个角落，那些苦难的子弹总是循着他的声音或气味尾随而至，如影随形。在他来不及防备的时候对他进行突然袭击。

“可我不能就这么倒下去了，我不想一辈子生活在别人的同情和怜悯里。”老乡对我说。

他又一次拄着尊严的拐杖站起来了！他在厄运里苦苦挣扎，就是为了求得能与人平等站立的尊严。他又开始他雄心勃勃的计划了。他想利用家里宽敞的园子建一个蔬菜大棚，可他实在没有地方可以借到钱了，邻居们就劝他来城里找我碰碰运气，看能不能得到我的帮助。

因为我平时对自己的家乡建设很热心，所以对于老乡的请求，自然是应允的，毕竟他要借的那笔“巨款”对于我的公司来说只能算是九牛一毛。老乡感激涕零，不知道说什么好，一个劲地给我弯腰行礼。我还掏出一些零钱给他，让他打个车回去，老乡却无论如何也没要，“我有拐杖，这东西好着呢！走路可轻松了，多远的路都不怕。”老乡说他来的时候就是拄着拐杖走来的，回去也可以。天！我不敢想象，从乡下到城里有五十多里路呢，而且他的腿还是残疾的……

我被老乡的经历震撼了，他为我疲惫的心灵支起了一根拐杖。我的公司所面临的困境和老乡的经历是如此相像，我的财务主管被挖走了，这就好像我断了一条腿一样，但我用老乡赠予我的这根思想的拐杖渡过了难关，重整旗鼓，公司又走上了正常轨道。老乡来还钱的时候说，他那里的蔬菜很抢手，供不应求，他还准备扩大经营呢。

我想是上帝终于被他感动了吧，为他打开了一扇窗子，让他看到了希望，看到了生活的正面，看到了金灿灿的阳光。他让我懂得，在生活的背面艰难跋涉的人，一样要挺直腰身。这就像山背面的树，只要顽强不屈地生长，终会高过山峰，终会得到阳光的恩赐。

生活的背面虽然缺少阳光，但土质潮湿，一样适合植物的生长。

我不知道他生命中的风雪是否已经停息，但我可以肯定的是，如果紧接着再下一场雪，再遭遇一次风暴的袭击，他依旧还会咬紧牙关，挣扎着不让自己倒下去！

因为他有一根尊严的拐杖，它可以支撑一个人走过命运里所有的沟沟坎坎。

女儿捡到一元钱

在人流如织的步行街上，女儿捡到一个一元钱的硬币。她并没有兴高采烈，反而有些心事重重。

“怎么？捡了钱不高兴啊？”我问他。

“没准儿是谁家的小孩要买冰激凌掉下的钱。爸爸，你帮我看看，有没有谁家的小孩正在哭鼻子。”

我四下张望，没看见有哭鼻子的孩子。

“现在的孩子啊，压岁钱多得很，才不会为了这一元钱哭鼻子呢！”我对她说。

“那没准是那个做按摩的盲人叔叔丢的。”女儿看见路边一个正在给人做按摩的盲人，那里立着一块牌子：盲人按摩，一次十元。“他真的是盲人吗？盲人看不见，还能做按摩，真厉害。”

“是的，别看他是盲人，按摩却很挣钱。一元钱他是不会在乎的。”

“那，那没准是那个卖菜的老奶奶丢的，你看，她的眼神儿好像也不太好。”女儿显然不甘心，非要找到丢钱的人不可，便指了指路边一个卖菜的白发苍苍的老人。

“做买卖的人都精明着呢，他们把钱看得很紧，不会轻易弄丢的。”

说出这话，我忽然很后悔，因为孩子正在往自己小小的心灵上一点一点镀着慈悲的光辉，而我却在一点一点地将它们刮掉。

“哦，那会是什么人丢的呢？”显然，女儿有些怅惘。

“找不到丢钱的人，你准备怎么处理这枚硬币啊？”我问她。

“不知道。”女儿摇摇头。

“拿回家，放到你的小猪肚子里吧。”那是女儿的储蓄罐，里面已经存满了硬币。

“不行，这不是我的钱，我为什么要放进我的小猪肚子里？”女儿反问我，令我有些尴尬。“那怎么办，你已经捡回来了，难不成还要把它重新扔到大街上吗？”

“那更不行，你不是告诉过我，浪费粮食都是可耻的吗，何况这是钱啊。”她像个小大人一样，和我据理力争。

我跟着女儿发起愁来，怎么处理这一元钱呢？

恰巧此时我看到一个墙根处蹲着一个小乞丐。“那么，你把它送给那个小乞丐吧。你看他多可怜。”

这下她安静了，终于点了点头。我长长地舒了一口气——那颗小小的行善的心，终于靠了岸。

她把那枚硬币小心翼翼地放到小乞丐面前的小碗里，那里只有零星的几个硬币，就像饥饿的人，空荡荡的肚子里滚动着几粒孤零零的粮食。

女儿忽然嚷嚷着要回家，我不知道她的小脑袋瓜里又想到了些什么。

回到家，她抱起她的小胖猪，又去了步行街。她说她的小胖猪吃饱了，她也要让那个小碗吃饱！

一枚、两枚……我看到她把小胖猪屁股上的一个小盖子打开，不停地往外倒着她的硬币，渐渐“喂饱”了小乞丐那个饥饿的小碗。小乞丐眼睛睁得大大的，不敢相信眼前发生的一切，以为我女儿是个小魔法师。

捡到一元钱，却搭上了一罐钱。

“瞧这一元钱捡的。”我忍不住摇摇头，哭笑不得。可是我不能制止她，因为我想让那慈悲的光辉照进女儿的心灵。

那不止是一元钱，那是一座宝藏。

冒着热气儿的陀螺

近来事业上有些不顺，我找不到发泄的出口，便常常在晚上和父亲通电话，不停地抱怨，说时下里的人际关系，冷得让人心寒。“如果你不主动和他们说话，这一天怕是都没有一个人搭茬儿。”我感慨着。“那么你就去做那个主动的人吧，又不损失啥。”父亲简单地开导我，接着就转移了话题，让我觉得父亲对我真是不够关心。

“你还记得咱家这儿，那个常年卖豆腐的会唱京剧的人吗？昨天，他死了。”

我当然记得，我对那个人印象很深。那是一个身高和武大郎差不多的人，打了一辈子光棍，每天推着自行车去集市上卖豆腐。他有一个喇叭，却从来没有听过他吆喝，而是把这喇叭当了麦克风，唱着韵味十足的京剧。人们听惯了，所以不用他吆喝，也会纷纷买走他的豆腐。这一个行当，他竟然干了二十年，曾经油黑的头发后来已被霜雪覆盖。我真是想不明白，这么个营生，怎么会令他如此执着。

“你知道昨天我们是怎么给他送殡的吗？你都猜不到，他或许预感到自己大限将至，临终前把一个老式的录音机交给邻居，里面都是他自己唱京剧的录音，他说给他送殡的时候，就放这个，他想走得开心点儿。”

我有些感动。

那个时候，小镇上死气沉沉，除了孩子们蹦蹦跳跳地玩着游戏，看不到大人们有什么娱乐。直到他来了之后，小镇上才开始热闹起来，他似乎把唱戏当成了主业，而卖豆腐则成了他的副业。在人们的喝彩声中，他更是扬扬自得，一曲接着一曲，不停地唱。

“可是，这和我有什么关系呢？”我终于忍不住“质问”父亲。

“我要说的就是这个。”父亲说，“你知道吗，他最开始卖豆腐也是吆喝的，和别人无异。加之他的身材长相，人们对他很是不屑一顾，别说有人和他说话，就是多看他一眼都会让他觉得是一种奢望吧。换了别人，怕是就那样活在世间的冰窟窿里了。可他偏不，他说他相信自己，会让小镇上的人不讨厌他，甚至喜欢他。果然，就像你看到的那样，他弄了个大喇叭，高声唱着韵味十足的京剧，还真是博得了人们的好感。他乐于助人，有什么能帮上别人的，总是不遗余力去帮。这么多年，他成了大家的朋友，大家都愿意和他谈心。昨天给他送行的人很多很多，黑压压一片，可没几个是他的亲戚，都是这么多年听惯了他唱的京剧的人啊。”

父亲渐渐把话题转移到了我身上：“周遭的冷漠，与你也有干系。你莫要一味地去怪别人的冷漠，你要先想想自己，是否也有足够的热量。你有多少生活热情，就会感染多少人。你看过打铁匠吧，他们把烧得通红的铁扔进冷水桶里，桶里的冷水便快速地热起来，往外冒着气泡。我相信你，不久之后，也会让那些冷冰冰的水都热起来。”

我忽然有一种顿开茅塞的感觉，那卖豆腐的矮子不就是一块烧红的铁吗？他的内心怀揣着巨大的热情，终于使冰冷的周遭变成温暖的海洋。每一个人都应该做那样一块烧红的铁，让身边的水热起来，试着用自己的热情去感染别人。

在以后的工作中，我用火一样的热情为自己创造了许多不可估量的财富。我始终坚持一个信念，就算忙得不可开交，也要尽量去做一个快乐积极的陀螺，一个冒着热气儿的陀螺，用自己热情旋转的舞步，把身边的冷风都卷动起来，成为一股股爱的热浪。

身边的水凉不可怕，耳畔的风冷也不可怕，只要你是热的，那水、那风都会跟着一点一点暖过来。

请灵魂遵守交通规则

如果用一个词语来形容当下人的生活状态，我想应该是“奔跑”。在这个信息爆炸的时代，速度高于一切，人人都像是火燎屁股的猴子，妄图以最快的速度获取最大的利益。你给世界留下的背影总是忙碌的——你给爱人的留言是忙着开会，你给父母的回话是忙着陪客户吃饭，你给孩子的纸条是要加班。

不知不觉，你的灵魂已经超速了、超载了，生活正在忙着为你开出罚单——衰老的身体、冷漠的心、生锈的情感……

这个世界，每一天都有车祸发生。据统计，全国一年因超速行驶而造成的车祸达5万起之多，车祸死亡人数达到8.9万，而其中80%以上是因为超速行驶造成的，这真是一串让人触目惊心的数字!

有这样一个笑话：有个司机把护身符贴在身上，一路闯红灯，结果出车祸死了。在天上见到了菩萨，他就问：“我把你的护身符贴在身上，你怎么不保佑我，还让我出车祸啊？”菩萨说：“你开得太快了，我追不上你。”

有一次列车晚点，我在车站里等车，闲着无事，开始观察身边的人。我看到旁边女孩用手提电脑看片子，看到动情处，眼睛里泪光闪闪；我看到热恋的男女在拥吻，人们不再怪怨，开始坦然接受；我看到失恋男孩儿痛哭流涕地打着电话，一个小女孩递给他一块纸巾；我看到候车室的墙角蜷缩着的拾荒老人，他并未乞讨，但很多人自愿把买票后的零钱给了他；我看到一位母亲教育自己女儿拾起吐在地上的口香糖；我看到停止检票后晚来客的沮丧，却有一双手过来轻拍他的肩膀，我想两个“不走点儿”的人可以相约去喝一杯吧；我看到车站管理员面容和蔼地在处理一起乘客纠纷；我看到一个农民工大叔大口吃着大碗面，那幸福的吃相会勾起很多人的食欲；我听到晚点的车终于来了，那些道歉的话，足以抵消了乘客的愠怒……

我静静地看着这一切，这就是生活，杂乱无章却又生机勃勃。

不奔跑，不疾驰，才能看清眼前这些慢悠悠铺展开来的风景啊！

法国作家莫洛亚说过：“我很忙——听到这句话的时候，父母担心的是孩子的身体；朋友心想这哥们儿事业有成，所以才这么忙；妻子马上觉得自己身上家务的担子重了；女朋友流泪了，因为她开始意识到自己在他心目中的位置不一定有他的事业重要，甚至这简直就是一个分手的信号或借口。”

人的内心世界拥挤不堪，如同一条川流不息的路，丛生着欲望的加油站，情感的停车位，谎言的禁行区，阴谋的下水道……你不能超速，不能超载，不能闯红灯，不能压黄线。

你要时刻提醒你的灵魂，请它遵守交通规则。

不是所有的眼泪都是珍珠

一个男人和一个女人，通过网络相识。他们年龄相仿，兴趣爱好也都差不多，所以很是谈得来。他们见面之后，更有相见恨晚的感觉，各自在心底生出了爱慕之心。她从不要他的礼物，这也是她和别的女人不一样的地方。她遇到难处了，向他求救。她流泪了，那些泪珠在阳光下闪着动人的光亮，像一串串珍珠，只要一滴，就可以将他融化。他毫不犹豫地拿出一大笔积蓄给她，让她快些把事情办完，他在这里等她。可是她一去不返，从此杳无音信。后来他在电视新闻里看到了她，她用同样的伎俩骗了很多人。他始终想不明白，那些像珍珠一样的泪水，怎么会是假的呢？

一个老人在他的垂暮之年意外地得到了一个中年女人的垂青。你看，这个时代就是喜欢上演这种不着边际的浪漫故事。但老人一直戒备着，因自己身上负着巨额的财富。老人弥留之际，她守在他的病床边上，以泪洗面。他终于被感动，找来律师，当着她的面，写好他的遗嘱，把三分之二的财产都给她。她扑到他的身上，哭得更厉害了，这一次是因为目的达到了，喜极而泣。她顺利得到了这笔巨款，靠的就是那些眼泪。

美国著名女影星凯特·内利根回忆早期的学艺生涯时说："我首次演出的剧目是《令人心碎的屋子》，演完后，年迈的导演约翰·吉尔古登来到了我的化妆室说：'你演得好极了。但是我可以给你一个忠告吗？不要哭得太伤心，如果你哭得死去活来，观众就不会哭了。'因此，第二天我压根儿就没有哭，但是观众却哭得伤心极了。"

事实证明，大声的、无遮拦的哭和低声的、欲盖弥彰的隐忍，后者更能让人动容。

一个女人抱着一个孩子在大街上乞讨，女人低着头，喃喃地向路过的人诉说着自己的不幸遭遇，说到动情处，不禁流下了眼泪。可是她怀里的孩子，却不跟着她配合，撒着欢儿地笑着。就在那一刻，我清清楚楚地看到，那个女人在孩子的屁股上狠狠掐了一把，孩子"哇"的一声大哭了起来，满世界都跟着震颤。

在我看来，她的膝盖前面讨到了多少钱，已无关紧要，重要的是，那孩子，为此淌下了多少无辜的眼泪。那小小的睫毛下面隐藏的洞天，原本是天堂的一个小小角落啊！

原来，不是所有的眼泪都是珍珠。

生活是一团面

母亲说："生活，可以是你想过成的任何样子！"对此，我深信不疑。

刚参加工作的时候，我为自己过于外露的锋芒埋过单。

那时的大学毕业生都是分配工作的，毕业后，我被分配到当地的一个小税务所工作。那时，我怀着满腔的抱负，要干出一番出色的业绩来。可是我自认做得很出色，却总是得不到领导的赏识，这令我很是郁闷。

印象最深刻的，是有一次，我用我的生花妙笔把单位里的工作修饰了一番，投到当地的报社，竟然在头版头条刊发了。这在我们单位可是破天荒的头一次。我兴高采烈地拿着这张报纸给我的部门领导看，得到的却是他一通劈头盖脸的责问："你请示过吗？谁让你私自乱发有关咱们单位的稿子？回去写个检查，要深刻。"

"可我写的都是咱们单位正面的业绩啊，难道这也有错吗？"我辩驳道。

"这不是正面反面的问题，而是你眼里有没有领导的问题。"他说到了问题的实质。

我心里憋着一股气，终究没有写那个所谓的"检查"，因为类似的事情发生了不仅这一次，每次都是被一盆冷水浇灭了我工作的热情。

我有些想不通，找到一个在仕途上混得风生水起的“高人”，他指点我说：“年轻人，要收敛一下你的锋芒。如果你锋芒太盛，很容易招致别人的嫉妒，尤其是你的上司，你这样出色，他会有危机感的。”

这真是一语道破天机！我顿时感到无聊，长此以往，不仅会消磨一个人的意志，也会使一个人变得愚钝和庸常，我渐渐动了退隐之心。

我想辞去现在的工作，可遭到了几乎所有人的反对，那可是多少人羡慕的工作啊。那些日子，我在苦痛中煎熬。

在那些反对者里，有一个声音不那么激烈，相反却是极其温和的，来自我的母亲。

母亲擅长做面食，她说经常吃面食，对胃有好处。不得不佩服她的是，一周下来，她做的面食不会重样。

有一天，她领着我来到厨房看她和面。

“妈，难不成你要教我做饭吗？”我有些不解地问她。

母亲微笑着，没说什么，只是用那些面捏了一个面人，别说，还挺好看。

“行啊，老妈，还会这么一手呐。”

母亲仍旧没说话，把那个面人一下子又重新揉和到面里，接着又变戏法一样，鼓捣出一个别的样式来。我以为母亲是嫌我这几天心里难受，要用这种方法逗我开心，还把我当三岁小孩子呢！

母亲终于说话了：“你看，这是一团面，你蒸馒头，捏面人，烙煎饼，擀面条……任你双手所能做成的，都叫作品。只要你喜欢做成那样的，都叫有意义！工作也一样，不管做什么，都是有意义的，只要用心去做就好了。”

母亲的话让我心头一震，是啊，生活就是一团面，要捏成什么样，都在于自己。

我毅然决绝地辞了职，在众人的扼腕叹息里，昂着头走出去。后来，我去了北京，做了一家出版社的编辑，编了很多精美的图书。我觉得，我的人生很有意义。

生活是一团面，每个人都可以捏出自己想要的人生。

最美丽的路是迷路

如果发现我没到达，别惊奇，我正在路上，肯定有很多美丽让我不自觉地停下来。

我有一个喜欢旅游的朋友。他从不跟着旅游团走，那是种被迫的走，让人心里很不舒服。他喜欢自由自在，在哪个风景前多流连一会儿，自己说了算，尤其是，他喜欢迷路的感觉。他说，他常常不按照导游推荐的线路走，经常偏离主路，所以时常会迷路。他认为，最美的风景往往是在迷路中遇到的。有一次他去荷兰，没有按常规推荐路线沿海岸线走，而是纵穿了特塞尔岛屿。结果他看见了大片大片的郁金香花田，农户家农场里的像小绵团一样的羊群。回来的时候，走错了路，他竟然又误打误撞闯进了小岛上最茂密翠绿的树林，这些都令他欣喜异常。计划好的快乐和误打误撞的惊喜，完全不是一个级别的乐趣。

“当你不再为迷路而烦躁和沮丧，而去享受它的时候，那你将收获更多，也会更加享受其中的乐趣。”这是他的心得。看到他那副满意的神情，我知道，他的内心又入驻了很多美景，而不是单纯地靠数码相机来定格，也不是用“某某某到此一游”来标榜的。

相册再大，装不下天下的美景。若是将美景放在心里，心就是一个巨大无边的展厅。

记得有一次，我打车去郊外散心，没想到司机是个刚刚学会开车的年轻人。他有些腼腆，对郊区的道儿也不熟，遇到岔路了就要问问路边的人，下一条路该如何走。本来那天我的心情就不算太好，才想到去郊外呼吸一下新鲜空气，没想到他让我的心愈加狭窄。夸张的是，车开出去两小时，竟然还迷路开错了方向。我终于恼怒，他却不急不恼，忽然指着路边的一大丛茂密的花说，看，多漂亮壮观的花儿，不迷路的话没准儿就错过了看它们呢！说罢，也不顾及我的感受，停了车，拿手机拍照。末了，还喊我给他拍了一张。看着火一样的花丛中他天真无邪的笑脸，我不禁笑了，一颗被阴霾捆缚的心不知不觉间竟松了绑，整个人轻松起来。忽然领悟，这不就是自己来郊外的本意吗？何必非要执着于它是不是一条“循规蹈矩”的路呢？

车子迷路，心却一下子找到了方向。我知道，有云朵在，有阳光在，有花在，有清风在，我便永远不会迷路。因为不论哪个方向，都可以走回到爱的屋檐下。

人生的路上，偶尔迷路，也好。因为迷路，才能领略平时看不到的风景。“你不会找到路，除非你敢于迷路。”所以，不妨给你的人生增加一些惊喜的“迷途”吧。

泥巴做的母亲

听到这个女人的经历时，我无比震撼，同情、惊讶、感动……一股脑儿地塞满了我的嘴巴，使它好久无法合拢。

往常我在写关于苦难的文章时，为了文章的升华，总要或多或少地虚构一点儿情节，让故事看起来更让人揪心。可是在写她的时候，不但不用虚构内容，反而要删减许多，因为她的苦难实在太过冗长，生活的碗口再粗再大，也无法将它盛下。

她叫何玉梅，是岳母的邻居，一个一生都在命运的低谷里攀爬的女人。

六岁的时候，母亲改嫁，带着她来到继父家。那是个穷困潦倒的家，根本没有条件供她上学。她此生唯一会写的就是自己的名字，那是邻居家的小孩教会她的。继父脾气不好，总是没来由地打骂她。她的童年丢了，打小就像个小大人似的跟着母亲干活，从此这一生都在无尽无休的劳作中度过。

十七岁，继父早早把她嫁出去，嫁给一个有癫痫病的男人，只为了那几千元钱的彩礼。她的青春也丢了。

十八岁，她生下自己的女儿，上苍总算给了她一个真正属于她的宝贝。

二十岁，经不起病痛折磨的丈夫自杀，婆家人一致认为是她害了自己的丈夫，她被婆家赶了出来，并且从此不再让她见自己的女儿。女儿不知道真相，误以为是母亲不要她，一直恨着她。无路可走的她，经继父的亲属说和，又嫁给了继父的一个有病的远房侄子。

二十二岁，她生下了她的第二个女儿。日子虽然艰难，但总算有个落脚的地方。她拼命挣钱，希望能给丈夫治好病，养大孩子，让日子继续下去。就这样过了十年。

三十二岁，她的第二任丈夫病逝，她一个人拉扯十岁的孩子。

四十岁的时候，孩子被检查出遗传了和丈夫一样的病。她心头那点儿火苗，又被命运狠狠地泼了一盆冷水。她把辛辛苦苦攒的一些钱都给孩子治病了。她变得像个机器人，只知道埋头苦干。

四十五岁，她的继父瘫痪在床，母亲一个人也累得脱了形。她看不下去，还要救济一下母亲，哪怕挣了十元钱也要分给母亲一半，帮着她共同抵御苦难。

她的大女儿长大后去了南方打工，结识了一个“富二代”，只是那年轻人因为打架斗殴断了一条胳膊。女儿没有多想就把自己给嫁了，从此开始享受荣华富贵。过年回家的时候，给了自己的奶奶十万元钱当压岁钱，给几个姑姑每人一万，还给她们分别买了礼物，可是在大街上看到自己蓬头垢面的母亲时却躲开了。

她呆愣在那里，内心早已千疮百孔，可是她看着女儿穿戴得那么好，嘴角却露出了一丝笑意，很久都没有看到她那么真切地笑了。她知道女儿在享福，她知足了。

小女儿倒是疼她，只是小女儿的病拖累了她一生。生活再苦再难，她也要继续往前赶，因为小女儿还病着，她要拼尽自己所有的力气去救她。哪怕剩下最后一根肋骨，她也不会让自己倒下。

写到这里，我有些不忍再写，原来，罗列一个人的苦难，也会如此痛苦。

我们见惯了太多的英雄，这平凡得如同一粒尘埃的人，难道不是英雄吗？

她和苦难斗争了一生，像神话里的西西弗斯，推着苦难的巨石，周而复始地重复着劳作，终于看到了一点希望的时候，命运又重新把他抛入谷底。

她的一生阴云密布，或许没人的时候，不知大哭了多少次，可是邻居们却从来没见她掉过一滴眼泪。她隐忍着，不让别人看见她的悲痛。

她的一生都跋涉在苦难的泥沼中，使她自己也成为一块泥巴。这样的一块泥巴，一样可以捏出一个伟大的雕塑来。如果让我为这个雕塑命名，我将称之为——母亲！

一棵树娶了两棵树

院子里开满樱桃花了，二十几棵樱桃树远看白花花的一片。风里没有花香，只有飞来飞去的落瓣。记得小时候的花是香气四溢的，现在连花开也没了香味儿，或许是它们把爱意深藏了起来，发酵着，等到某一天厚积薄发，让那些香气铺天盖地而来，醉倒尘世几颗玲珑的心吧。

妻子在春天的早晨忙活开来，像只贪婪的蜜蜂，飞在姹紫嫣红的院子里。当她一头扎进樱桃丛的时候，她便也成了一棵樱桃树，开了满身的花；当她抬头看着那刚刚醒来、在枝头不停地抖弄翅膀的鸟儿的时候，她便也成了一只鸟儿，满身满心挂着欢快。

多么动听的鸟鸣，无论多疲惫的身心，我都愿意被它唤醒。我不舍得在这么明媚的早晨睡下，尽管为了创作，整个夜晚都被我点燃，被我高高挂起。我惦念着那些鸟，这春天的使者，它们是否留下一封邮件到我的花园？

我喜欢这样的清晨。仿佛时间从未极快地将我们从天真里卷走，一切都还在老地方，还是老模样，我也只是个不会被任何时光流逝打扰的孩子，睡眼惺忪地睁开眼看了一下，又安然了无牵挂地睡去，继续梦着我的花儿和罐头瓶里的小虾……

想到自己的孩童时代，从每一个有鸟啼的清晨醒来，像一朵花儿悄悄张开。我们听到鸟儿的叫声，便觉得世界是和自己一起醒来的，欢闹着与时间一起飞向快乐。

已经很远了，刹那间升起缠绵的思绪。若不是窗外清晨里的鸟叫声，不可能让我一下穿越多年的遗忘，于过去的经历中捡拾回些许的碎片。已经没有当初的小伙伴了，也不能再与谁背着小书包，重走一段鸟儿啁啾、阳光即将迎来的清晨的路。

还好有女儿在，她在延续我们走过的路。

妻子在院子的空地上撒了很多菜籽，有香菜、臭菜、茼蒿、菠菜、生菜……到时候再把鲜嫩的菜一把把地送给邻居们。我们喜欢那样的院子，鸽子在房檐上咕咕地叫着，松弛着它们的翅膀，把阳光一片一片地絮进去。所以冬天的鸽子不怕冷，因为它们在春天的时候储存了大量的阳光。

妻子依旧在院子里忙活着，把我的早晨搅成了一锅幸福的粥。那株一直自由自在、冒冒失失地长出来的山丁树涨满了花蕾。妻子起了“杀心”，拿起剪刀，剪掉一个枝条，又剪掉一个枝条。一个一个枝条落地，妻子又把一个个的枝条捆绑上去。她把李子的枝条嫁给这棵幸福的愣头愣脑的山丁了。这美坏了妻子，一个上午“制造”了一场树的爱情。

妻子唤醒女儿，要给她拍照，把她打扮成公主的模样，一会儿站到雪白的樱桃树旁，一会儿蹲到鲜粉的杏树下，仿佛要把整个春天都装进女儿的心里。

我开着窗子，看着春天的早晨发生的这一切。没有比日月更忠贞于昼夜的，没有比植物更忠贞于季节的。我想起去年的秋天，落叶簌簌，温暖而又感伤，它们的生命正走在我所不能见的轮回的圈里，它们离去，正是为了于这约好的季节携花而来。

落叶和新绿，似乎在完成某种交接的仪式，把生命通过泥土，一路承接过来，如此这般，生生不息。

不出所料，在我的花园，我收到了我的邮件。但我没有打开它，因为我熟知它的内容。春天的信使，怀着善念和慈悲，提醒着尘世的每一颗心：春天，别忘了种点儿什么。

让灵魂天天向上

坚持晨跑已经一年有余，这些晨跑的日子，让我心生许多感慨。不仅身体得到锻炼，灵魂也跟着得到了某种程度的修炼。

一个相处得很好的同学得了肝腹水，正在为病痛发愁时，又下了岗，曾经开朗乐观的人一下子萎靡不振，躲在屋子里好多天没有下楼。

我们几个要好的同学商量好，在周末拎着美食和啤酒去开导他，一大帮人整整开导了大半天，终于有了点儿效果。久违的笑容重新回到他脸上。大家说起让他跑步锻炼的事，他说身体不好，走几步就疼得受不了，更别说跑了，很难坚持的。我建议说："不跑，那就慢走，给自己定个目标。每天早上走两公里到父母家，问声好，说声我来了，坐一会儿，或者一起吃个早餐，或许只是喝杯水，然后说声我走了。一个来回四公里，既锻炼了，又看望了父母，岂不很好！"

工作忙的时候，没有时间去看望父母，现在时间闲下来了，为何反而不去看望了呢？邻居吴奶奶八十三岁了，嚷嚷着要去北京。儿女们说她走不动，她就开始锻炼。每天拿个小板凳，楼上楼下地走，累了就坐在板凳上歇一会，然后接着走。就这么坚持锻炼半年，终于在儿女们面前证实了自己的身板还硬朗着，可以去圆北京一游的梦了。今年七月，终于成行，美滋滋地在天安门前照了相。

只要你肯，只要你有那样的信念，一切都可以成为指引你向上的力量。

朋友老唐是个残疾人，一辈子都在蹲着走路。他十三岁离开了年迈的双亲，一个人蹲着走向了陌生的县城，用一块破布给人擦鞋，开始了自己谋生的路。

许多人都觉得他可以去申请民政救助，老唐说："我没有健康的双腿，可是我有好使的双手。"他用这样一颗站着的心在人生路上努力地挪过来挪过去，四十五岁了，拼了许多年，做起来的工厂养活着很多个家庭。可是他糟糕的身体和倒霉的运气，使他的工厂效益持续亏损。为了正常给工人开工资，他四处借钱，欠下很多债。我们帮他出了主意，将工厂抵押给银行，宣布破产。可是他不，就这么一直坚持着，所有的努力不是在赚钱的途中，而是在无限的还债的路上。

每天晨练的队伍里，他是很独特的一景，看上去很有朝气的样子，一副天天向上的样子。但有时候他也会困惑无助，觉得自己在一条孤绝的路上奔波劳碌，也曾听到他的叹息——"我死不起。如果可以一死了之，我早就解脱了。活着，我没有亲人了，可是我死了，就会害了曾经帮助过我的人，我欠下的不仅仅是钱，也是一份难得的情谊啊。为了还债，我必须活下去，努力活下去！"

老唐在用自己的责任心扛起艰难的人生。而我们有些人，站着的只是身体，一颗心却是蹲着的。

蹲着走路又有何妨！用他的话说就是，当你从地上抬起脚，其实，你就已经走在了天空中。

跑步是件很枯燥的事，但是身边的风景却给了我们太多的明亮和享受。枝叶间投下的斑驳碎影，在跑动摇摆的肩膀上游弋而过，有着一种动感而又含蓄的美。头顶上的蓝天，像是被白云仔细地擦洗过，蓝得通透，蓝得晶莹，一眼望过去就会被那样的蓝所接纳、融化。身边或慢跑或散步的人，都是热气腾腾的生活里的舞蹈者。戴着帽子一前一后漫步的老夫妇，提着剑、舞着拳的小团体，跳韵律操的方阵，推着孩子的年轻父母，带着宠物狗出来散步的行人……也许人们有很多身份，但是换上休闲装，穿上运动鞋，除了年龄和性别的差异，我们都是一样的，我们都是一群热爱生活、渴望健康和幸福的人。

热爱生活，你的灵魂自然就会天天向上。

第七辑　你带不走一座湖的哀伤

风停了，呼啸的内心也静了下来，街道上干干净净，甚至没有一片落叶。没有人知道，那里刚刚经历的风暴。

落叶之所以贴着地面，是因为它有了另一个用途：被当作岁月的书签，夹进别人的记忆里。

——《风停了，天亮了》

我爱的树叶
还蹦跳在树上

夜里的风很大，吹得窗棂阵阵响动，我几番辗转反侧之后终于睡去，梦到了一些亲爱的事物：多年前死去的一条狗、曾经在我的屋檐边上下翻飞的鸽子、那盆硕大的仙人球……它们接连在我的梦里掀起温暖的波浪，以至于醒来的时候，眼底竟流了泪。

和妻子说起梦里的事物，她说这是神经衰弱的表现。“你最近太累了，不如给自己放个假，出去放松一下吧。”

我怎么可以停下来？孩子的高额学费，父母身体不好，时不时住院的费用，电费、水费、取暖费、电梯费……生活的各个角落都是张着嘴等着吃食的小兽，我怎肯置若罔闻。

这生命，给了人多少欲说还休的无奈，只是心里总是忐忑的。像对生活中许多的事一样，当怀着小心翼翼的犹疑，试探着开始，并不能立刻准备好接受最后的别离和伤心。毕竟，我们总是为了希望而来。

最近看了徐淳刚的小说集《树叶全集》，读来令人耳目一新。“我看见圆的树叶，椭圆的树叶，掌状的树叶，羽毛样的树叶……更多是不规则的树叶：

树叶让我迷茫。”

看吧，他的生命里全是树叶！

作家张绍民在对这本书的评论中的几句话更值得称道，他说：“树叶是什么？是天空的胎记、脚印；空气的补丁，大地深处漫游的书信，漫游到树上，打开；树叶的脉络含有闪电的衣服（皮肤）；树叶面对风，风用地震灌溉树叶，树叶用风的地震洗澡，洗出自己的香气和力量；小虫子睡在树叶上，用树叶摇摆的地震当成安眠曲。”

如此说来，我们是万万离不开这些树叶的。这些诗意的树叶、哲学的树叶、意识流的树叶们组成了我们的世界。

原以为一场秋霜会风卷残云般将所有的叶子都吞噬掉，只剩光秃秃的枝头，徒增悲凉的晚景。可是第二天早上打开窗子，惊异地发现有几枚叶子竟顽强地挺住了，依然在树枝上蹦跳着。这时候的喜悦自是无法言说的了。一场秋雨一场寒，尽管我知道，它迟早要谢幕，但这一刻，它还在，并且闪着耀眼的光，我便已知足。

心也便忽然间豁朗起来，人生免不了的是悲伤，不管是跋涉在现实世界的泥沼之中，还是接受花样繁多的伤痛改造，让一颗心逐渐生满厚厚的痂，那是一种冷漠，也是一种保护。

所以啊，有什么好怕的，我爱的树叶还在，它们依然快乐地在树上蹦蹦跳跳啊！

移民海外的阿辉回来了，虽然衣着光鲜，却掩盖不住倦容。时隔多年，他老了许多，眉宇间铺满无尽的沧桑。谈起这些年在国外的生活，他极少炫耀，更多的是唏嘘感叹。“一个人不易啊，背井离乡的，尤其是夜里想家的时候，那种滋味就像虫子啃噬你的心一般。”我想我是能理解那种境遇的。

我们默默地坐在花园里，我像他的影子，抑或他像我的影子，在深秋轻寒的风里，被茫然的感觉缠满，不挣扎，不呼唤。

我并没有问太多，只是和他一起念起年少时光，念起一起玩过的游戏，念起一起喜欢过的女孩儿，念起那棵树……

“那棵大榆树还在吗？”

“当然在，现在它变得更加粗壮伟岸了。”

我们一起去看那棵树，儿时我们经常一起去爬那棵树，在它的枝桠间嬉戏玩耍，摘嫩嫩的榆树钱儿吃……现在的我们是爬不动了。

“唉，树叶掉光了，不然你看到的这棵树异常茂盛，能遮出一大片阴凉来呢！”我不无伤感地说道。

阿辉却扶了扶眼镜，定定地望着那棵树，充满无限柔情。他一句话也没说，大概是想到了儿时的一些往事吧。

“快看，树叶！”他忽然尖叫一声，吓了我一跳。顺着他手指的方向，果然有一枚顽强的树叶，坚守在树枝上，陪伴着这棵树，给它最后的慰藉。

我在阿辉的眼底，看到了泪光，亦如我梦醒后的泪痕。

“异乡的生活啊，唉！”我并不打听他这些年的细节，只听到阿辉的一声叹息。或许目前的他也受到了某种挫折吧，比如他的生意，比如他的情感，但不管怎么样，我都知道，他会把所有苦痛都挨过去，就因为他看到那枚叶子时的尖叫。

灰心失望的人，蓦然间看到，他爱着的树叶依然蹦跳在树枝上。还有什么，比这更令人欣慰和振奋的呢？

“不如，折了这枚叶子，留个纪念吧。”我提议。

“不，让它在属于它的地方多待一会儿吧，哪怕一秒。”

我知道，他已经把那枚叶子装进了口袋，那枚叶子会随他一生。

有树叶就好。

树叶蹦跳着，我们就没有理由悲伤。

你带不走
一座湖的哀伤

女人嫁给了她不爱的人，只为了用那份彩礼替父亲偿还赌债。

父亲以前并不赌钱，是个地地道道的好男人。在女人的母亲过世以后，他才开始意志消沉。所以，当父亲一次次地变卖家底，把家变卖得空荡荡的时候，她并没有恨他，在她心里，他依然是她的好父亲，尤其是当他酒醉，对着母亲的遗像痛哭流涕的时候，她更是心疼。她觉得她和母亲都欠了他一笔债，所以她自作主张，早早就把自己嫁了出去。

这样的婚姻免不了要磕磕碰碰，女人把生活中所有的怨怼都发泄到他的身上。她常常想着背叛，故意刁难他，而他却是个脾气好的男人，逆来顺受，对她总是百般忍让。她甚至背着他，偷偷地和她初恋的情人约会了好几次，对此，她的心里，并没有多少愧疚。

好几次，他们的婚姻都走到了悬崖边上。好脾气的他总是拿着一根温柔的绳子，慢慢地往回牵引他那犹似脱缰野马的爱情，使他们的婚姻一次次化险为夷。

原以为她把自己一生的幸福都抵押出去，没想到在一起厮守了十年之后，她慢慢感受到了他的好，原来，爱也可以这样获得。她开始过一种平静的生活。她想，大概，这就是爱吧。她的爱情来得很晚，使她忽略了很多幸福。她开始收敛自己的行为，开始从心底去疼爱他。

可是那份幸福的平静，仅仅维持了三年，便烟消云散了。

她的父亲恶习难改，又欠下了很多赌债，这一次，数额巨大，凭她的力量怕是难以填平那无底之洞了。每日里，都看到她幽怨的眼神，他便跟着惴惴不安。而他刚刚被别人骗走了所有的积蓄，除了那座房子，他已经一无所有。这样的境遇下，亦没有人敢借钱给他。

离开他吧，把自己再卖一次，哪怕是个老头子，只要可以替父亲还了那些赌债。女人偶尔会冒出这样的念头来，随即她都会狠狠地扇自己一个嘴巴，她不能这样做，这样太对不起他了。她对嗜赌如命的父亲渐渐生出了恨意，可是又不能眼睁睁地看着他每天东躲西藏地过日子。女人夜不能寐，想不出什么办法来。

“把我们的房子卖了吧。”他揽过她的头，轻声地说，“只要以后他戒了赌，也是值得的。”

她说不行，即便是卖了房子，也差许多呢，那是个永远填不满的黑洞。

他们的生活也进入了黑洞，深不见底。看着女人的鬓角在短短几天就染了霜花，他的心里疼得厉害。

为了让她散散心，他带她回了老家。老家有一座湖，他说去那座湖里洗个澡，什么烦恼便都没有了，她笑着他的憨。女人不会游泳，说要看着他游。她帮着他褪去衣物，仿佛褪去尘世里的所有牵挂。

他说他熟悉那座湖，就像熟悉一个少年的伙伴，从小到大，他一直喜欢在那个湖里游泳，他就是那座湖里的精灵。

他在湖里畅快地游着，不时调皮地向女人打着胜利的手势。她趴在岸边的草地上，看着这个似乎永远长不大的大男孩，内心充满了怜爱。她想，这些年，自己对他做了多少过分的事情啊。好在以后的日子还长着呢，一定要好好补偿他。想到这儿，女人的心温柔得如诗如画起来，暂时忘记了这些日子以来的烦忧。夕阳映照着湖面，树的倒影在湖面上婆娑，他似乎意犹未尽，不愿上来，在湖面上不时地漾起一圈一圈的涟漪，很美的画面，却不想就那样永远地定格了。

他游了很久，在湖面上时浮时沉。她感觉有些异样，心底有些发慌。她大声地对他说："快上来吧，不要吓我。"她以为他又在和她开玩笑，他经常那样，只为逗她开心。这一次却不像是玩笑，他在湖里渐渐没有了一点音息。她害怕了，开始奔跑，不知道跑了多远，才找到一个电话亭。当救护人员将他打捞上来的时候，他已经断了气息，湖的精灵被湖淹没了。

他的脸上看不到一丝痛苦，相反，有一种平静的幸福，在脸上铺展，让她始终坚信，他依然在和她玩着游戏，只要她掉下眼泪，他立刻就会醒来，哄她开心。她落了一滴眼泪到他的额头，他没有醒过来；她落了一滴眼泪到他的唇角，他没有醒过来；她落了一滴眼泪到他的眼睛里，他没有醒过来……她转过身，掉了一滴眼泪到那座湖里，湖面荡漾出一环一环的笑容来，湖是活着的。

湖活着，湖里的精灵就不会死去，这是女人执迷不悟的心。她想不明白，他的水性那么好，怎么会出现这样的意外呢？这算不算是老天对她十多年来不忠于爱情的惩罚？

那湖面真的很美，她把他的骨灰撒到了那里。尽管那里夺走了爱人的生命，但她却找不到一丝怨恨的心绪。她望着那湖面出神，那里似乎停泊着她一生一世的幸福。

她拿起她的画板，在夕阳里把这座令她魂牵梦绕的湖，慢慢移到她的心上。

她转身走掉，一座湖的哀伤，紧紧跟随她，让她余下的生命，伤感而又温婉、美丽。

办理完丧事的第二天，她接到了保险公司的一个电话，让她去领取一份数额巨大的伤亡保险金。她看到，投保人上写着爱人的名字，受益人上写着她的名字。

两个相爱的名字，挨得那么近，死亡无法将他们掰开。

相爱的琥珀

她静如止水，动若惊鸿，尤其是那双眼睛，清澈得像泉水，会让人生出无限怜爱来。

他常常会不自觉地想，人世间怎么会有如此让人心动的眼睛呢？见到她第一眼的时候，他便醉了，醉得一塌糊涂，爱得无法自拔。

她走进了他的生活。她带来了爱，带来了他毕生寻找却终寻不见的东西，带来了热烈，带来了像海啸一样的激情。她将他从一个懵懂稚嫩的苍白灵魂真正地变成了活生生的血肉之躯，她用她单纯而又丰富的心填补了他的平凡。

当一个人把一双眼睛看进自己的瞳孔，那双眼睛就属于他了。他不仅把她看进了自己的瞳孔，还看进了他的灵魂。他常常凝视着她的眼睛，对她忘情而又谐谑地做广告一般打趣道："最爱的是你的眼睛，它们就像两汪泉水，带给我无比清爽的感觉……"

清澈的泉水，就这样浇灌着他们的爱，郁郁葱葱、枝繁叶茂。直到有一天，一场车祸使她昏迷。清醒过来后，一个让人无法接受的事实如鬼魅般飘然而至：她的视力开始急剧下降，直到最后，她再也看不见任何事物，整个世界都黑了。

在一番绝望的歇斯底里之后，她问他："我失明了，你还爱我吗？"他握紧她的手，一字一顿地说，他对她的爱，没有一丝一毫的改变。

此后的日子，她平静下来，开始接受这个残酷的现实。

她在黑暗中摸索着为他做一些事情，比如织那件没有织完的毛衣，比如为他煲八宝粥。那种艰难可想而知，不是被针扎疼了手心，就是被开水烫伤了手背。他不让她做，她不听。她说她可以的，可以为他做很多，就像眼睛没坏之前那样。

他拗不过她，只好任由她去做。一个生活在黑暗中的人，如果什么都不让她去做，只会让她更加感到世界的空虚。只是，她常常出错，织毛衣的时候，今天用的红毛线，明天用的可能就是黄毛线、绿毛线，把一件毛衣弄得花花绿绿的，煞是鲜艳夺目。她做的粥，不是熬过了头就是熬不到火候，但他吃得却很香甜。

刚开始的时候，他不放心，担心她无法控制煤气，发生危险，只好假装走掉，把门关得很响，就看见她开始了一天的忙碌。他在脚上套上厚厚的布，走路没有一点声音。她要够什么，他总是偷偷地放到她能够到的地方，由于他在暗中帮忙，她总能很顺利地完成她的工作。时间久了，她慢慢地适应了，手脚也麻利了许多，他才放心地去上班。她每天最快乐的时光就是等他下班的那一刻，她坐在那里，闻着自己做的饭菜，竟小声地哼起歌谣来。他很大声地开门，很大声地唤她宝贝，很夸张地惊呼，哇，好香啊！

她满脸幸福地坐在他的对面，听着他狼吞虎咽地吃着她做的饭菜。她从柜子里取出她织好的毛衣，让他穿到身上试试。衣服很合身，一针一线恰到好处，只是颜色太杂，穿到身上有些滑稽。他说很好看，穿着也很舒服。她笑靥如花，喃喃地低语道："这么说我还有点用。"

"那当然了，"他说，"没有你，我就跟没了魂儿似的。"她哭了，一滴一滴的泪珠从脸上滚落下来。他把她拥在怀里，晶莹的泪水，就那样湿透了他的衣襟。他知道，即便她失明了，但她的泉水从来不曾枯竭，那就是源源不断的爱。他忽然傻傻地想，就让这泪水把他们滴成琥珀吧，千年以后，会有人把他们捧在手心里说：看，他们是如此相爱。

一块不准时的表

大哥买了一群羊，需要雇人去放，于是刘老汉便当上了大哥家的羊倌。

刘老汉独身一人，全身上下只有沧桑一种味道，六十岁的人看上去像是七十岁，整整十年的光景被偷走，不见了踪影。

但是在放羊的时候，你就会感受到他的力量。他的样子确实很神气，像指挥着千军万马一样。虽然身体不是很好，但他放羊却有一套自己的经验。他只需看上一眼，便知道自己的羊是否缺失。他会在空无一人的老山林里把鞭子甩得啪啪响，像山神抽打着山林，让山里的一切都听他的使唤。

他还真像一个山神。他天生是属于山的，山上蛇多，但蛇见了他就会打蔫。他放一次羊回来，身上所有的口袋便都鼓囊囊地揣满了木耳。黑油油的山木耳可是好东西，经常有山下的人上来，要买他的木耳，他总是慷慨地捧一捧给人家，“要什么钱，拿回去吃吧，都是顺道采回来的。”他嘿嘿地干笑着。来人不好意思，非要给他钱。他就说，再来的时候给他捎点旱烟来就行了。他没有什么嗜好，就是喜欢不停地抽旱烟，在烟雾中缭绕似乎是他全部的乐趣。没有人知道他过去的经历，他也从不与人提及。

他有一块老式手表，却从来不戴在手腕上，而是揣在最贴心的那个口袋里。奇怪的是，他带表并不是为了看点儿。大哥偶尔来山上看看羊的情况，问他钟点，他都说错了，而且大错特错。大哥以为那表肯定是坏掉了，要送他一块新表，他不要。“要看点儿抬头看看太阳就行了，带这个，就是图的一个念想。”他说。

他放羊不需要看时间，他只关心羊的肚子，看到羊的肚子鼓胀起来，他就把它们赶回来，吃完饭睡一觉后再把它们赶出去，每天都是如此。可是不管怎么样，他还是一如既往地带着那块表，并且不知疲倦地在每天早晨给它上紧发条。他只顾给他的表上紧发条，却从不调钟点，纵容那时针和分针的自由散漫，总是和北京时间步调不一。

放假的时候，大哥打电话来，约我一起到山上去走走，呼吸一下新鲜空气。我弄了满满一袋子吃食和啤酒，开着车子上了山。刘老汉在山上建了个窝棚，也就只能挡个风遮个雨什么的。一条土炕凸凹不平，躺着都硌得慌。

刘老汉没见过那么多被包装起来的吃食，美滋滋地挨样品尝，不知不觉就喝多了。大哥说：“你睡吧，下午我去放羊。”“你也行？”刘老汉有些不大相信。大哥就说：“你放心吧。”他就倒头睡去了，不一会儿便鼾声四起，呼噜打得震天响。这一觉睡得长远，直睡到半夜的时候，他一个机灵坐起来，神经兮兮的样子惊出我一身冷汗。我见他摇摇晃晃地下地，擦亮火柴，点着了蜡烛，然后把他的表握在手里，很认真地给它上弦。我一问，原来是表停了，他才醒了。

“我就感觉不对劲，这表一停，我就感觉胸口发闷，就跟我这心脏也不跳了似的。”他对我说。我看他给表上完了弦，拿到耳边听，确定它又活了过来时，才安心地睡下，仿佛那表是与他的心脏在一起跳动的。

盘问了很久，他才断断续续地说了表的来历。当然，还必须要感激那些啤酒，让我听到了这样一个感人的故事。原来，表是年轻时一位姑娘送给他的。他一辈子没结婚，只谈过那么一次恋爱。爱情夭折的原因是他的贫穷，姑娘的父母用绝食来反对他们交往。姑娘在极度痛苦之下依然决定要和他私奔，他却退缩了，不忍让姑娘和自己去受苦。他对那姑娘发过誓言，说等有一天，他要赶成百上千只羊回来娶她，姑娘笑了，想这个梦想是多么遥远。她送了他一块手表，说那里有她的心跳。她等了他三年，三年之后他还是杳无音信，姑娘的心慢慢地熄灭了，任凭父母做主，随便嫁了人。其实他根本没走，只是来到了附近的一座山上，替别人放羊，他只想用自己的离开换来心上人的幸福。知道她终于嫁了人之后，他便安心了，从此一辈子没有再见过那个姑娘。现在，他真的在放几百只羊，但不是他自己的，他一辈子都不曾有过自己的羊。他是一个孤儿，一辈子孤苦伶仃，唯一与他相伴的，只有那块老表。

他确实有些喝多了，讲完了他的经历，很快又睡下了。我躺在他身边，听不到那震山响的鼾声，却听得见那微弱的秒针走动的声音，嘀嗒嘀嗒，真的如一个美丽女子的心跳。他睡得香甜，因为他的心正在和另一颗心一起跳动。

那不停走动的秒针，是他一辈子马不停蹄的刻骨相思。

别怕，黑暗一捅就破

那时，我正在经历人生的低谷。坐在我对面的命运，像一个高深的弈者，总能识破我的一招一式，令我节节败退，四面楚歌。

由于决策上的失误，公司面临重大的危机。我召集公司所有的智囊商量对策，但没有一个人，能走出一步好棋。

我吩咐秘书推掉所有的电话，把自己关在一个漆黑的屋子里。为了防止自己的崩溃，我放着比较轻松的一首曲子。尽管如此，我依然感到了一种大难临头的恐惧。

老父亲知道了我的困境，把自己辛辛苦苦积攒的养老钱全部拿了出来，让我解解燃眉之急。那点钱对于我的公司来说，无异于杯水车薪。

父亲在外面敲门，敲了足足有个把钟头，我依旧无动于衷。父亲急了，用拳头一下子砸碎了玻璃，光亮一下子就照了进来。

我给父亲包扎手上的伤口，父亲说，黑暗不可怕，你看，我一拳头就把它砸跑了吧。我知道父亲话中隐含的意思，我们同时想到了很多年前的一件往事。

那时候我还很小，好像只有八岁。由于国际形势混乱，战争似乎一触即发，全国上下都在忙着备战。我们家里买了一大口袋饼干，以应不时之需。有一天，广播里通知说，敌机很有可能在夜里飞过我们城市上空，为了防止被敌人的飞机看到可以袭击的目标，各家各户都不准点灯，窗户上要糊满纸，不能有一点光亮。

那个夜晚，所有的房子里都黑着，到处都是黑黢黢的，阴森而恐怖。

大人们聚到院子里，忧虑地望着天空，甚至连烟卷都不敢抽，空气紧张到极点。我们则躲到了屋子里，大气不敢出，更是紧张得要命。父亲说，别怕，黑暗马上就过去了。为了缓解我们的紧张情绪，他给我们讲一个个轻松的故事。渐渐地，我们不再那么害怕了。警报解除的时候，院子里的人们点起了篝火庆祝。父亲用手指捅破了窗户纸，火焰一下子照亮了我们。父亲说："看，黑暗并不可怕，它一捅就破。"

父亲并未给我带来智慧的"金点子"帮我力挽狂澜、渡过难关，但父亲为我带来了一根乐观思想的拐杖，使我不至于摔倒，使我在如潮的黑暗中看到了那召唤人心的丝丝曙光，使我坚定了信心，和公司的所有员工一起，节衣缩食，艰苦奋斗，终于经历了最为艰难的一段时期，使公司又重新走上了光明之路。

每个人的人生都会或多或少地经历一些黑暗，面对那些黑暗，亚瑟王悲观地说："我不相信有天堂，因为我被困在这个地狱的时间太长了。"泰戈尔却乐观地说："如果黑暗中你看不清方向，就请拆下你的肋骨，点亮作火把，照亮你前行的路。"

这些话，都是我后来在书本上看到的名言，而比这些名言更让我记忆深刻的，永远是父亲那句朴实的话：别怕！黑暗一捅就破。

《圣经》里落下的雪

邻居周嫂是个基督教徒，看似虔诚得没了边际，可她却在生活中大错不犯，小错不断，所以她的每个早晨都是在祷告中开始的，每个黄昏又都是在忏悔中度过的。

她常常劝妻子跟她一起去教堂，做一个基督教徒。妻子每次都是委婉地谢绝了。她对妻子说："主爱你，你却不爱主。"

妻子说："既然主的愿望是让这个世界充满爱，那么只要做个善良的人，把爱揣在怀里，就是对主最大的安慰，何必非要去教堂做礼拜，何必每时每刻不停地祷告呢？"

我觉得妻子说的很对。你不停地犯错，然后求得主的原谅，便心安理得了，这样，万能的主岂不是成了所有过失的保护伞？

周嫂没上过几天学，所以她看起《圣经》来很费劲。她经常给妻子赔着笑脸，让妻子给她讲解里面的一个个典故。妻子便像一个布道的牧师一样，为她阐释上帝的思想。妻子虽然不信主，但她喜欢看《圣经》，她说那是她看过的最美的书。

我也不是教徒，但我也喜欢在《圣经》里搜索爱的密码。那些幸福的语言，是《圣经》里落下的雪。

我喜欢把自己过的每一个生日说成是翻开了《圣经》的又一页，我希望每一页上面都落着白雪，有快乐的，有忧伤的，有畅想的，有怀念的。

喜欢《圣经》上一句诗一样美丽的话："空中的小鸟，不种也不收，上帝却养活它们；野地的百合花从来也不用纺织，上帝却打扮它们，给它们穿着美丽的衣裳；地上的小草今天还在，明天就被扔进炉子里烧了，上帝还给它们青翠的外衣……"

上帝在这诗一样美丽的句子里可爱极了，他让人想到一个父亲，为自己的孩子努力地劳作着；他让人想到一个兄长，为弟弟妹妹遮风挡雨；他让人想到一个挚友，与你同甘共苦。

和我们相比，周嫂更是把《圣经》看成了比生命更珍贵的东西，用手帕包裹着，并且每次翻阅前都必是先洗净了手。

那次她刚从教堂出来，便和妻子约好了一起去赶集。在集市上，不知是谁家的大狼狗挣脱了锁链，疯了一般跑了出来，人们吓得像麻雀一样四处散开。女儿被吓得大哭，大狼狗正奔着女儿扑了过去，周嫂突然将手中的《圣经》用力砸了过去，大狼狗嚎叫了一声，转身跑掉了。再看那地上，周嫂的《圣经》掉落了很多页，在风中飘荡着。周嫂一边心疼地捡拾着她的《圣经》，一边在嘴里不停地念叨着："主啊，原谅我弄坏了《圣经》……"

在那个危急时刻，周嫂没有将最珍贵的东西紧紧抱在怀里，而是奋力将它扔将出去。妻子说，是从那一刻起，她改变了对周嫂的看法，开始对周嫂肃然起敬的。

而后的那个秋天，我和妻子被歹徒所伤，住进了医院。周嫂日日夜夜，不停地为我们做祷告，那个在胸前不停地画着十字的动作，简单得让人感动。

上帝的整个事业是为爱服务的。他让每个人都有一个属于自己的篮子，不停地往里面装东西，装生活中的阳光，装爱着我们和我们爱着的人。我们幸福着，像那遍地丛生的百合花，不用纺织，仍然有美丽的衣裳穿。

临睡前，女儿又来缠妻子给她讲故事了。月光透过窗子，照着雪白的墙壁，妻子手捧着那本印制精美的《圣经》。女儿问她是一本什么书，妻子仿佛自言自语般说，这是一本可以把人的心灵变得美好的书，它的封面是善良，插图是勇敢，内容全都是爱。

妻子翻开《圣经》，抖落了里面圣洁的雪。

《圣经》里落下的雪，毁灭了一切罪证。有人说，善良是与生俱来的愚蠢，让罪在白雪下面逃之夭夭。

《圣经》里落下的雪，覆盖了万种忧伤。有人说，爱是永不泯灭的光芒，让灵魂沐浴着圣洁的月光。

《圣经》里落下的雪，燃烧着，却从不融化。《圣经》里落下的雪，悲伤着，却从不哭泣。

……

并不是向女儿传教，只是为她讲那里面一个个童话一般的故事。我们知道，从打开《圣经》这扇窗子的那一刻起，女儿就已经变成了快乐的天使！因为善良和爱，已经飞进了女儿小小的心房。

虽然不是教徒，但仍旧希望自己能永远是这样一本《圣经》，敞开着，被人翻阅着，并且将怀中抱紧的那些善良的雪和爱的花瓣，一一撒给这个世界。

我身上的三片叶子

我握住时间的白色根须，我以为我可以让时间停留片刻，可是岁月依然疯长。到了收割的时节，突然发现，我的身上，除了三片叶子，再无其他可以收割的东西。

三片叶子，依然倔强地停靠在我这根经历风雨的枝条上，不容许我对生有丝毫的怠慢。那叶子依然是绿色的，还不肯就此萎谢。

我是多么强烈地爱着绿色。就像我自己，不肯枯黄，用尽全力拽住青春的尾巴，不让青春将我甩掉。

但多么新鲜的绿，也始终挣脱不了既定的结局。世界上有很多种颜色，所有的颜色都有一个相同的命运，那就是变成灰色。这就像再有激情的人，也有穿着睡衣，等待睡去的那一刻。

灰色是所有人的睡眠。

尽管这灰色迟早要来，如同两鬓间隐隐的秋霜，我还是尽可能地向后拖延我的青春，就像下午的阳光，把我的影子拖得很长很长，那影子里，还有着上午的芬芳。

有时候被阳光烫伤了，皮肤针扎似地疼，可是依然不舍得关上窗子。生活中是不是也经常有这样过分的热情?

夜晚的大街上，年轻人喝完酒在路灯下大声地向不同的女孩儿喊着：“我爱你！”他们的爱情，轻得像草叶上的露珠儿，危险地晃荡，用一点点谎言支撑着，真相等太阳一出来就蒸发掉了。

还有一个年轻人，抱着一棵树痛哭，为了刚刚与她分手的恋人。可是离开这棵树，走到另一棵树的时候，笑容就重新回到他的脸上了。

看啊，他们怀着怎样明目张胆的悲伤，又是多么快地抖落了那些悲伤。

年轻本身就有着极快的自愈能力。

张扬的青春，张扬的爱，年轻多好，可以尽情挥霍。在那样的青春里，没有人会慌了神色。就算受了委屈，他们也不会难过多久，他们永远有未来可以依傍，坚信未来可以还他们清白，坚信未来可以硕果满满。未来就像他们心底的一座彩虹，美丽的桥，连着他们的今天和明天，固执地相信着，一切都会水到渠成。

人们，为太阳唱着上升的赞歌，为月亮合起祈愿的双手。我喜欢躺在夜晚的草垛上看星星，但我自己却不愿意做星星。

佛说，人只有常常往下看看，才能看到更通透的自己。我看着我自己，似乎可以称得上是通体透明的人了。曾经，我枝繁叶茂，如今，只剩下空荡荡的三片叶子。也算美好，一片用来遮羞，一片用来纳凉，一片用来做梦的温床。

三片叶子，依然可以让露珠过夜的吧，依然可以引来几声鸟鸣的吧。

或许已到了去看夕阳的年龄了，可是依然喜欢停留在青春的阴影里。夕阳是被人们无数次端起过的酒碗，醉过从青春里走来的一茬又一茬的人。

有人说，少年是童话，青年是诗歌，中年是小说，老年是散文。而我已过不惑，仍不肯去讲故事，叙述很累，所以更多的时候，我选择抒情。老去的那一天，我甚至会想，有没有一天，我可以返老还童呢?

就像春天再来的时候，我还会发出新芽吗?

犹太诗人保罗·策兰说："春天来了，树木飞向它们的鸟。"

我也要飞向我的美好。我不再怕老，因为老了，就可以变回孩子，变回了孩子，就会从时光的百宝箱里翻出无数美好的曾经，像小时候摆积木一样，为自己堆积幸福的城堡。

旧日时光，从眼前刷刷地飞奔而去，别指望去追上它，那里有我们永远到达不了的远方。

骑着巫婆的扫帚也好，骑着法师的魔毯也罢，你追不上逝去的时光。

忏悔你追不上，怨怼你追不上，曾经的誓言和祝福也追不上。

我身上的三片叶子，大小不一，形状各异，都闪着亮晶晶的光。

我身上的三片叶子，我叫它们：回忆、回忆、回忆。

一朵单眼皮儿的花

花儿是个单亲家庭的孩子，从出生起就没有见过爸爸。每一次向妈妈问起爸爸的时候，妈妈情绪总是很激动，说爸爸是个“丧良心的家伙”。后来从邻居们口里隐约得知，爸爸和一个比妈妈年轻漂亮的“小妖精”好了，就不要她和妈妈了。听到这些，她那小小的心结了霜，就像秋寒中的一朵小花儿，弥漫着一圈忧伤的雾霭。

母亲含辛茹苦带着她，让她看到了很多她这个年龄所看不到的辛酸，这些困苦让她早早地就长大了。

从那以后，花儿不再向妈妈问起爸爸，如果不小心将话题绕到这上面，她也赶紧岔开。她知道，不仅是自己，爸爸更是妈妈心头永久的伤。

看到妈妈每天如此劳累，花儿很心疼，所以尽量多替妈妈干一些家务，除此之外，她全部的时间都用来学习。她知道，只有自己学习好了才能让妈妈高兴，因为每次只有拿出成绩单给妈妈看的时候，才能看到妈妈脸上绽放出久违的笑脸。

“妈妈多好看啊！大酒窝，还有双眼皮儿，爸爸为什么会不喜欢妈妈呢？”每每这个时候，她总会在心底不自觉地想。

“妈妈，怎么你是双眼皮儿，我却是单眼皮儿呢。单眼皮儿不好看，我想要双眼皮儿。”她对着妈妈撒娇。

“宝贝，还没到时候呢，你现在啊，就像是还没有完全发育好的花朵，等你大了，自然就有双眼皮了。不管是随我，还是随你爸爸，你都应该是双眼皮的。”

妈妈还是不自觉地提到了爸爸，那一刻，她们彼此望了一眼，愣了一下，继而心照不宣地绕过去。尽管如此，花儿的心还是被一股小冷风猛地抽打了一下。

在大街上，饭店的橱窗里，总能看到一些爸爸妈妈领着孩子一家三口其乐融融的情景，这时候她就会呆呆地望着，心底又流了泪。如果有爸爸在，她该多么幸福啊。而现在，她孤单地站在那里，薄薄的，像一片叶子，就算是大热天，也打着冷战。

转眼就上初中了，花儿仍旧还是单眼皮儿。“我还没有长大啊”，对着镜子，她自言自语。

一次作文的题目是“我的父亲”，把她难住了。她终没有落下一个字，空空的白纸像一片雪地，没有一个脚印，却有一个大大的泪痕。

老师是个细心的人，她望着花儿的稿纸，抚摸着那滴泪痕，她想，花儿一定是个伤心的孩子。

“我不敢相信，这个作文能难住你。”在办公室，老师问花儿。

花儿眼圈红红地说，从小就没见过爸爸，不知道爸爸的样子。

是啊，其他的或许可以杜撰，可是这个爸爸却无法虚构。老师把哭泣着的花儿紧紧抱在怀里，不停地摩挲着她的头，老师是打心眼里疼爱着乖巧的花儿。

班级里开班会，主题是“孝敬父母”。那天，教室里气氛热烈，孩子们纷纷谈论着自己的爸爸妈妈，讲自己在家里和爸爸妈妈相处的情形，只有倒数第二排的花儿，始终低着头，一言不发。她害怕同学们问她关于爸爸的话题，父母是孩子的两个翅膀，而她只有一个，所以飞得很笨拙，很难看。

可是终究还是没有躲过，老师点了她的名字，让她发言。她嗫嚅着，欲盖弥彰。

“别怕，孩子，说吧。”老师不停地鼓励着她。她想不明白，老师为什么非要和她过不去，非要在同学面前揭她的短呢！她想，瞒是瞒不住了，索性就掀一次伤口给他们看吧。

“我没有爸爸，只有妈妈。”她鼓足了勇气说道，“所以我会更好地孝敬妈妈，因为她太累了。”

教室里先是静了一下，然后就喧哗起来，她看到同学们脸上既有同情又有鄙夷的神色，这令她极不自在。

“同学们，”老师说道，“花儿同学虽然是单亲家庭的孩子，但是她用行动证明了自己，她一样可以成为一朵饱满的花儿，尽管暂时还是单眼皮儿。”

同学们都被逗笑了。她也笑了，从小到大第一次如此彻底纵情地笑。

“每一个单亲家庭的孩子，都像是单眼皮儿的花，如果努力生长，也一定会开得异常灿烂、精彩纷呈的。就像咱们的花儿同学，虽然没有父亲，但一样是一朵美丽的花，一朵坚强的花。”

那天晚上，她在日记中写道：今天我才知道，原来，单眼皮儿的花，也可以成为天底下最美丽的花儿，只要你肯走出阴霾。妈妈、老师、同学……多么密集的阳光啊，呼啦啦地一下子围上来，张着柔软的触手，一寸一寸暖我……

油菜花田中的稻草人

那是一个发生在油菜花田里的故事。画面背景很小资：大片大片的油菜花开得灿烂，一个等待的女孩，衣着鲜美，浑身荡漾着青春的气息。她张开双臂，似乎在拥抱整个油菜花田。旁边的稻草人也张开着双臂，和她保持着一致的动作。这样唯美的画面里，似乎看不出任何忧伤来，然而，这却是一个忧伤的故事。有微微的风，轻轻吹起她的长发，长发遮住她的半边脸，却没能遮住她的一滴眼泪。

她在等待。她把过往的每一朵云都看成他的模样，把风传递过来的声响都听作他的声息……可是，他到底去了哪里?

有人说，等待是一生最初的苍老，只是，她如花的生命，是否经得起这样的等待?

她一直在那里等着，等待自己的衰老。她说她相信，总有一朵油菜花上，雕刻了他的誓言。

她每天听同一首歌，一首关于他们最初相识的歌——《选择》，那是林子祥和叶倩文一首很老的歌曲了。她却依然能够听出丰盈，听出永不毁灭的天籁。

可是他真的不见了，她抓不住他。

他不见了，一下子没了音息。没有人知道他去了哪里，没有过多的言语，走得毅然决绝，只留下一句："如果我死了，请悄悄地忘记我，感到寂寞的时候，就在我喜欢的油菜花田中为我哭泣。"

这算是相约吗？

她静静地用青草编了一个稻草人，然后，在等待中，她爱上了这个稻草人，因为她给那个稻草人装扮成了他的样子。

是啊，很逼真的他的样子。因为他在她的心里，总是异常地清晰，所以她很快就能画出他的样子来。

"嗨，稻草人，我来了，有没有想我？"这是她每天问候稻草人的话。

"是的，一分钟见不到你，我的心就疼得厉害。"这是稻草人心里想的话，但他无法开口说出来，只能借着风，轻轻摆动一下他的衣袖，想要告诉她，他懂得她的心。

"可惜你不会懂的，你只是个稻草人。"她点着他的头，喃喃不休。

"我懂啊，我懂啊。"他急切地喘息，迫切地想告诉她，可是他不能。他明明是忧伤的，可是依然要扮成笑脸。

她不在的时候，鸟就会落到稻草人的头上，嘲笑他："你是个没心的稻草人，你怎么可以有人的情感呢？傻瓜，傻瓜。"

他不管，他就那么等着，身体上最初的青草味道慢慢消散，渐渐有了干枯的味道。

等待是一生最初的苍老，他也体悟到了这句话。

本来，稻草人是没有思想的，可是，她的眼泪一滴一滴渗进了他的身体里，他就有了灵魂。

从此也有了不为人知的忧伤。

她走了，他就替她在油菜花田中守候，他希望女孩等待的那个男孩能快点回来，最起码在他倒下之前，只要看到她开心地笑一次，他就心满意足了。

深秋的时候，空气中开始弥漫寒冷的味道。油菜花开始纷纷谢落，而她依然每天都来。

这天，她衣衫单薄，寒冷令她有些瑟瑟发抖。

看到她这样，稻草人摇晃了一下，他竟然有了心疼的感觉。

“快来吧，亲爱的，到我身边来取取暖。”他无声地呼唤着她。

而她仿佛真的听到了他的呼唤一样，依偎在稻草人的身上，她和稻草人彼此都感觉到了一种温暖。

稻草人听到她的一声叹息，那叹息里飘着无尽的落寞，也有那么一点点释怀。稻草人知道，明天她不会再来了，因为到了收割油菜花的季节。

大片大片的油菜花被收割，也收走了她的心吧。稻草人也垂垂老矣，人们将他烧掉。发现有一个地方湿漉漉的，永远无法烧透，那是心脏的位置，很多人都讶异，一个稻草人怎么还会有心吗?

是的，那里是稻草人储存她的眼泪的地方。她所有的眼泪，稻草人一滴一滴地都存进他的身体里。

女孩能读懂等待，却读不懂稻草人的心。

男孩儿到底有没有回来?这已经不重要了，重要的是，那颗等待的心，终于有了第一缕皱纹。

等待是痛并美丽的，这不是一个完整的故事，我只想定格那样一个画面，唯美的、忧伤的。如果你看到一个女孩在大片大片的油菜花田中伸开双臂，你又会想到些什么呢?

不管想到了什么，都请不要去打扰她吧，她让时间停留了下来，她在雕一尊无与伦比的关于爱和等待的塑像。

时针上的火焰，分针上的海水

你说会将一生的爱浓缩成十年给我，然后，给我自由和回忆。

我在这个漆黑的夜里仓促起身，似乎是急着去接住天使们在这个夜里散落的祝福和恩赐。如同梦的延伸，我以另外的方式，远离了尘世。

那个小钟分秒不差地走着，像我们步调一致的爱情。它见证了我们风风雨雨的十年，它的形状是一个童话般的小木屋，粉色，很温暖的色彩，它是我们爱情的心脏。

我在夜里醒来，因为看到了时针上舞蹈的火焰，听到了分针上奔腾的海水。只想告诉你：十年，是可以让脸孔生出皱纹，也可以让心灵涤荡污浊的一段时光；十年，是可以让誓言原形毕露为谎言，也可以让谎言洗心革面为誓言的一场革命；十年，可以装完一扇门，却不一定筑好牢固的屋檐；十年，可以让爱销声匿迹，也可以让爱在烈火中完成一只凤凰的涅槃。

十年的似水年华，想和你摩擦出火光，像星星、月亮和萤火虫积攒的灯笼，像冬天的炉火和亲人的烟袋锅里闪烁着的杜鹃花，像孩子们在最深的夜里释放的烟花和他们璀璨斑斓的梦想。

十年的滔滔时光，想和你在黎明铺展梦想的金色地毯；想和你在黄昏织出一场雪，埋葬过往的忧伤；想和你一起，把夜里的鸟鸣无一遗漏地镶嵌到微凉的梦里。

十年的缓缓岁月，想和你创作出一本书，有诗歌，激情但错落有致；有散文，淡泊却不失凝重；有小说，平和却余音袅袅。

巨大的窗帘把夜隔开，我可以用一个60瓦的灯泡制造一个白天，我的很多工作要在这个白昼完成。十年了，我第一次想到，要为你，为我们的爱情记录下一个个瞬间，我要用我的笔，叨着记忆不放，并擒住梦想的河流，义无反顾地为我们的爱情种出带着墨香的花朵。

这是一个思念的晚上，奋不顾身的晚上，春天仿佛一下子就来了，像我们突然在一瞬间长大，又在一瞬间衰老。太阳说，生活是每天从东往西画一道弧，发光是它唯一的快乐。门说，生活是反复地被打开又被关上，与主人握手是它最感温馨的事情。酒杯说，生活是每天在嘴唇与桌面之间晃悠，倾斜是它认为比站立更崇高的姿势。我说，生活像祖先留下来的一件瓷器，越磨越亮，亮到可以照见真实的我。

属于我的时光已消逝去一大半，而我没有任何财富，唯余这段爱情的花香，希望它在婚姻的窗子里自由出入。其实不管男人还是女人，在烦琐的婚姻生活里可以变成顽石也可以变成珍珠，就看你如何调配二十岁时的激情，三十岁时的矛盾和挣扎，四十岁时的了然和接受，将它们烹制成可口的婚姻晚宴。

一个人年轻的时候靠希望活着，老的时候靠回忆活着。不管怎么样，你曾经是我的希望，也终将成为我的回忆，成为我年老的时候往炉子里扔的一根柴火，让我的余生充满暖意。

想你的那天夜里，我看到了电影《暖》，知道每个人都有追求幸福的权利，那个瘸了一条腿却仍然美丽的女人也不例外。在不停地挣扎、反抗、不甘心地一次次失望后，在一次次善与恶、美与丑的交战后，身体和头脑终于完全陷入世俗的泥沼。在我们眼前展现的是，那个曾经热望幸福的女人，再提到那些斑驳的过往已无动于衷。

我们总是为悲剧落泪，在泪水跟前寒冷，在悲剧面前不停地打着冷战。我们总是同情那些私奔的恋人，同情世间各种各样的遭遇。可是当那些故事发生在我们自己身上的时候，多少人选择了隐匿和逃避，又能有几个人站在那里，安然接受上天所赐的精彩？

每个人的生活轨道都像一张网，有的人织得紧密，收获颇多，有些人织得疏落，游戏人生，一无所获。

旧日时光，还能回去吗？死去了就无法仰望，消逝了就无法回眸，梦也有走累的时候，我们小心翼翼地经营着生活，生怕任何一次失手，打碎如玻璃般明亮的年华，像善良而可怜的外婆，仔细经营着那些出嫁时携带的嫁妆。

那个思念你的夜里，时针上跳跃着火焰，分针上奔腾着海水，还有一个秒针，它就是在我们之间不停走动的思念。

风停了，天亮了

一幅画叫《风停了》，一首歌叫《天亮了》。

风停了，风筝便歇了。被幻想折磨得遍体鳞伤的风筝，就这样歇息在油画里，停止了笨拙的飞翔。

天亮了，忧伤像猫一样，踱过了夜的门槛。清晨的每一片叶子，都承接着夜里的眼泪，将它们变成快乐的露水。

风停了，晾衣绳上的裙子还在等她的身体。女孩把汗水洒在风里，发髻上的两盏菊花，把成长的秘密，泄露无遗。

天亮了，太阳笑了，一个美丽的花园，正在如火如荼地建设之中。

风停了，女孩的身后，是一望无际的冬天。她的眼前，是和风筝一起梦见的，短暂的春。

天亮了，在忧伤的夜里陪伴过你、拯救过你的那些星辰，在阳光出来之前慢慢退到了幕后。

风停了，枯干的树上没有一片叶子，一定是被饿着的风啃光了，嚼烂了，又吐回到地上。

天亮了，所有的眼睛被露水唤醒，看得见天堂。

风停了，那刚刚发生的一切——流浪的风和牵着梦想奔跑的孩子，都停了下来。

如今，我疲惫的心里布满怀念的光芒。雪，从怀念的瞳孔开始落下，直落到怀念的心里去。

可是，画中的女孩，你要记住，你不是一朵奔向黑暗的花儿。

天亮了，夜只是黑色的一截。夜里上了天堂的人，都往下看。死了这么多年，有谁还在怀念?

我在返回童年的路上悔恨。想想谁会把那么多年，一直无家可归的风收藏?

风停了，我看到蜻蜓停留在水面。听见她说，清贫的水面是我的，我的幸福薄得透明。

我看见她煽动小巧纤弱的翼，比命运更早地来到水边。

她远离天空，因为天空上挂满虚荣的服饰；她贴近水面，因为水面上静得没有一丝欲念。

出嫁的时候，她摒弃一切虚荣的服饰，为爱，保有一份真心；为爱，长久地贴着这水面，赤裸得像忏悔的罪人。

天亮了，我看到飞蛾们那花瓣一般的尸体，覆满水面。

仿佛茶水里的茉莉花香，静静地挺进、慢慢地渗入。

风停了，呼啸的内心也静了下来，街道上干干净净，甚至没有一片落叶。没有人知道，那里刚刚经历的风暴。

落叶之所以贴着地面，是因为它有了另一个用途：被当作岁月的书签，夹进别人的记忆里。

风停了，孩子，别来拾捡我的落叶，你还不到年龄，不懂回忆。

风停了，毅然决绝的风，吹得走尘土，却吹不走故乡。我的亲人都是食草动物，每一天都散发着温和、善良的气息。

天亮了，我再一次听到那首动人的英文歌曲：

在我的影子里你一定很冷，阳光都被我挡住。但你一直满足于让我发亮，你一直在我身后跟着，所有的荣耀都给了我，而你却是我背后最坚强的支柱。没有名字，只有笑容掩去一切的痛。我能高飞像只老鹰，全因为你是我翅膀下的风。没有你，我什么也不是。

风停了，世界并没有安静。一块表，趴在窗口晒着太阳，它的脚步始终不变，不论雨天还是晴天，一步一秒。云朵也依然在走，擦拭着尘世的心。

风把所有的秘密都播种到了风里。

天亮了，世界照样在旋转。

天亮了，伤害过你的夏天还会回来。

风停了，一些人背负情感的债，远走他乡。故乡，只剩下两棵树，依然在那里谈情说爱。麻雀在它们的肩头跳来跳去，帮它们传递情语，它们的生命里，从不提及仇恨。

天亮了，我聆听到一种幸福，停止了飞翔；我聆听到一种想念，静止成弦。我是月亮的替身，我来，是为了与你相拥：

如果在梦里，见到了天堂里的妈妈，请你代为向她微笑，转达我的问候。

风停了，是一幅画。

天亮了，是一首歌。

鸢尾花，用紫色的翅膀飞翔

男孩喜欢上班级里的“校花”，却一直不敢和她说话，因为他过于自卑，认为自己和她简直是两个世界的人。

“校花”不仅长得漂亮，学习也很优秀，每次考试都是前三名。除此之外，唱歌跳舞她也是样样在行。那是在班级的元旦联欢会上，他第一次听到她唱歌，他被陶醉了，他从来没听过那么美妙的歌声。一个人，怎么可以这样完美？这是他头脑中忽然冒出的一个念头，他想，能和这样完美的人在一个班级里读书，已经是上天的恩赐了吧。

他很努力地学习，可是成绩却提高得很慢。但是，他仍旧拼命地学，挤一切的时间，哪怕上厕所，都要背几个英语单词或者数学公式。

他固执地认为，只有学习拔尖了，才能吸引她，这是他唯一可以“取悦”她的办法。

就这样，他的成绩一点一点地提高上来，中考的时候，全校有五十四名同学考上了重点高中，而他就是第五十四名，有惊无险地考上了重点高中。这出乎很多人的预料，老师和同学们都不敢相信，这个平日里笨头笨脑的人，怎么一下子竟开了窍?

看到大榜的时候，他的汗都冒出来了。“如果平日里少用一点功，就没戏了。”他心中暗喜，终于又可以和心爱的女孩在同一个学校读书了。

上天似乎看到了他的那份“痴心”，分班级的时候，他和她竟然又分到了同一个班里。他激动得泪水在眼眶里直打转，而她却不以为然，在她眼里，他实在是太普通不过，根本无法引起她太多的注意。

高中的学习任务更重，本来他的资质就不聪明，这下学习更吃力了。但他不想让她瞧不起他，只有更拼命地去学习，他想，总有一天，他要让她知道，他是多么的出色。

高中三年，他就那样默默地一边努力学习，一边关注她的一言一行。暗恋是一朵花，一朵紫色的鸢尾花，在角落里默默地散放芳香，虽然有些忧伤，但从不放弃，向着阳光，努力地生长。

报考志愿的时候，他偷偷地探询了她所报考的地方，那是一个他从小就梦寐以求的学府。不自觉地，他也跟着在第一志愿里填报了那个学校。对此，很多同学认为他有点不自量力。

即便他再努力，也没能考上她报考的那个学校，因为那个学校对他来说，实在是个难以逾越的鸿沟。他考进了他所报考的第二志愿，尽管很不情愿，但那也已经超过了很多人的预料。

高中毕业的时候，他终于鼓起勇气，问她：“以后，我可以给你写信吗？”

“当然可以啊，我们是好朋友。”她爽朗地应着。

他开心极了，他想，虽然很遗憾没能和她走进同一所大学，但他的努力也总算没有白费。

给她写信的时候，他想，一定要写出世界上最优美的信来，那样，她才会心动。所以，每次写信，他都费尽了心思，殚精竭虑，字斟句酌。

为了写出更动人的信，他废寝忘食地读各种文学书籍，渐渐地，他迷恋上了写作，陆续就有了文章在报刊上发表，并且一发不可收拾。

在一封信里他写道：“鸢尾是我从小养着的一种花儿，只有在五月初尚算清冷的夜里才能隐隐闻得着一丝冷香，并且，像我这般将鸢尾养在家里的人是少见的。这片江边上的鸢尾只开了零星的几点，叶子可能因为水土或者养分的缘故，有点瘦小，不够丰腴，但还是不能削减我对她的喜爱。曾经以为鸢尾总有或多或少的忧郁气质，像一个幽怨的美丽女子在暗夜里的轻声叹息，而今天看着一大片的鸢尾在暮春的阳光下摇曳，竟有一丝久违的青春的气息飘进鼻息。鸢尾花开过，夏天便肆意地狂热起来……看到这朵鸢尾孤单地开着，她真的照亮了我的眼睛，花朵的瓣儿很薄很薄，又正好有微风的吹拂，那薄得有些透明的花瓣微微随着微风摇荡，仿佛翩跹的蝶儿，太阳已经西斜，照拂着她，她像个起舞的精灵，开在阳光下。”

其实，他真正想说的是，他对她的暗恋，就是那朵鸢尾花，只默默地为她散布芳香。

她，因了这片鸢尾，心头蓦地温柔起来。但那份温柔，只在她的心头停留了一小会儿，便飘散了。

一直到大学毕业，他们之间的通信也没有超过十封，一方面是他精益求精，非要写出“语不惊人死不休”的精品信笺的结果；另一方面则是由于她的不配合。每次都是他去信，她回信，而且她的回信总是很短，很冷漠，看不出一点热情。

他渐渐地又冒出自卑的苗子来。他想，自己终究是配不上她的吧。

但他一直没有放弃，在这份暗恋里“痛并快乐着”。

大学毕业，他应聘到一家企业做文案策划，由于有很深的文字功底，他的工作做得很突出。不长时间，就得到了领导的重用，在单位做了部门经理。而她毕业后去了一家国企，效益不好，倒闭了，她也就没再去找工作，直接嫁了人。

再见到她的时候，她已经做了母亲。他知道，他对她的暗恋终于可以画上一个句号了。聊起过往，两个人都不免唏嘘感叹。

“你知道吗？你那么优秀，一直是我追赶的目标。”他没说暗恋，但她懂得。

“现在的我只是个家庭主妇，不再优秀了。”她有些自嘲地应着。

“不，”他说，“你一直都是我心里的阳光，而我就像一株卑微的鸢尾花一样，向着那个太阳，不停地努力生长，就是想让自己开得更美丽一些。现在，我种种的成功，其实都和你有着密切的关联，如果没有你，我或许会是另一个样子。所以，我要真心地和你说，谢谢你。”

他看到她笑了，带着笑颜的她，在阳光下，像极了他的鸢尾花，他忽然想起了一首叫作《鸢尾花》的歌：

鸢尾花在鸢尾山脚下刚开放
阳光有阳光的重量
年轻在年轻的身上慢慢徜徉
时光比较漂亮
一间青草房看不尽人茫茫
等不来的秋凉为谁唱
九月的船舱转过身空荡荡
岁月穿过了墙没发出声响
鸢尾花用紫色的翅膀在飞翔
配合那落山的月亮
岁月有无人能听懂的老唱腔
伴奏难以想象

随风出发流水不认识家

等你回到天涯我已长大

别来无恙不凋谢的梦想

过了这座山岗是蓝色海洋